—————— 阅读之前 没有真相

午 夜 文 库

宫部美雪
Miyuki Miyabe（1960— ）

宫部美雪，生于日本东京都江东区，二十三岁进入法律事务所工作，工作之余进行创作。一九八七年创作的作品《邻人的犯罪》获ALL读物推理小说新人奖，就此出道成为职业作家。宫部的创作领域不仅止于推理小说，在时代小说、科幻小说领域亦有建树，并兼任日本推理作家协会和SF作家协会会员。

宫部的"全面发展"得益于儿时的耳濡目染。由于父亲是时代剧爱好者，在其带领下，宫部小学时便了解了战国时代的基础知识及复杂的人物关系。身为电影爱好者的母亲则引领宫部欣赏了众多好莱坞黄金时期的电影。中学开始，宫部的爱好明显向"怪奇小说"、"幻想文学"倾斜，初高中时期她阅读了大量相关作品，这为她日后的创作打下了坚实的基础。

除了笔下的故事吸引人，宫部美雪的质朴文笔也成为她的一大特色。从小事出发，着重刻画小人物，将犯罪事件周围的人与事都生动地描绘出来，每一本书都构成一幅翔实又不失刺激的都市犯罪画卷。

在日本文坛，宫部美雪已摘得日本推理作家协会奖、吉川英治文学奖、山本周五郎奖，及通俗小说最高奖项直木奖。而在读者心目中，她凭借独特的魅力连续当选日本"最受欢迎女作家"，被称为"日本文学史上的奇迹作家"。

R.P.G

(日)宫部美雪 著
朱蕾 译

新星出版社 NEW STAR PRESS

角色扮演（Role Playing）

参与者在虚拟的场景中，通过扮演各种各样的角色来领会解决问题的方法。算是一种学习形式，也是一种通过扮演角色来实际演出的方法。

10/08 20:15
发信人：kazumi
主题：打击！

　　成绩下降了。明明这次非常用功的，看到发下来的试卷都吓了一跳！还被老师叫出去谈话了。太奇怪了，真的没怎么偷懒呀，比我懒得多、一直在玩的同学还有好多，为什么偏偏只有我成绩退步了呢？太怪了吧。爸爸明明说过只要认真去做，总有一天会有好结果的，难道都是骗人的吗？真恼火，都睡不着觉了。

10/08 23:38
发信人：爸爸
主题：振作起来

　　爸爸知道kazumi在这次考试前非常用功了，没得到好成绩真遗憾。不过，只要认真去做，总有一天会有好结果，这句话可绝对不是骗你的。能不能这样想，你看到的那些看上去很偷懒的同学，其实说不定在背地里拼命用功呢。不管怎样，光想着跟别人比较，而不去思考自己为什么会变成这样，爸爸认为这种想法是不对的。

叫你出去谈话的是班主任吗？你也快到了升学谈话的时候了吧？要是需要家长出面，可以的话，爸爸很想参加，请告诉我详细情况。希望你别太灰心了。

第一章

轻轻的敲门声之后，会议室的门打开了。武上悦郎站起身来，折叠椅与地板摩擦发出嘎吱嘎吱的声音。

"好久不见。"

在武上开口前，石津千佳子首先出声，她站在门边礼貌地低头致意。不过，当她抬起头来时，脸上却带着笑容，一点都看不出客套的样子。

"有十五年没见了吧？"武上绕过长桌走近她，也笑着回答道。

受武上影响，德永也从椅子上站起来，饶有兴致地看着这一幕。与德永相反，跟着千佳子一起走进会议室的年轻女警却向正后方退开一步，一副神色紧张的样子。

"昨晚我认真翻看了旧日记本，我们上次合作都是十五年零八个月前的事了。"

千佳子圆润的脸上露出柔和的神情，武上伸出右手，两人握了握手。

"真像是又回到了从前，看到武上先生还是那么活跃真是再好不过了，家里人都还好吧？"

"都很好，我太太特别关照我向你问好。"

"您夫人教我做的土豆煎蛋卷，直到现在还是我家很受欢迎的一道菜呢。"千佳子高兴地说。

一旁那个严肃的女警脸上也浮现出淡淡的笑容。千佳子向武上介绍道:"这是杉并警署巡逻科的渊上美纪惠警官。"

渊上警官啪地并拢脚跟,向他敬礼。

"我是渊上,请您多多指教。"

她身高接近一米七,绷紧的身体犹如运动员一般矫健。

"案件发生后,我们加强了对所田家周围的巡逻。当时她也参与了,还和我一起在所田家陪同过夜,也经常与一美小姐聊天,有段时间还接一美小姐上下学,是吧?"

听到千佳子问话,渊上立刻回答道:"是的,但只接了几天。"

"那就拜托你了。"武上冲她点了点头,"有熟识的人在,对一美小姐来说可能比较好。"

"是!"渊上警官爽朗地回答道,她似乎对武上谦恭的语气感到意外,看上去有些不好意思。武上有一个跟她差不多大的女儿,但自己的女儿可从来不会不好意思,因此他对这个未经世事的年轻人颇有好感。

"下岛科长呢?"

千佳子与德永寒暄过后,一同在会议室的椅子上落座,她回答了武上的问题。

"刚刚葛西管理官打电话来,科长目前应该在署长办公室。"千佳子说着缩了下脖子。

"情况已经确认了吗?"

"是的,不过葛西管理官一开始就对此案比较宽容,所以不用担心,倒是立川署长好像变得有些神经质。"

"也难怪他这样,"德永似乎觉得很有趣,扑哧一声笑了出来,

"毕竟出了这种前所未有的事。"

"话说你不是也很起劲吗？"千佳子反驳道，看起来并没有反感的样子。她与德永才合作了没几天，但似乎已经相当合拍了。

这十五年零八个月间，发生了大大小小的许多事，千佳子的本性却一点儿没变，武上这样想道。说起来，她原本在本部的纵火搜查班不是就有"老妈"的绰号吗？

"嗯，因为似乎很有趣啊。"德永仍然在笑，又缩起了脖子，"不过我好像不该这么说，抱歉。"

千佳子笑了笑，开口道："对了，你们与在外面待命的人……"

武上迅速回应："联络过了，他已经就位了。"

"好像是武上先生手下的人吧？"

"他叫鸟居，是个很稳妥的人，可以信任他。"

会议室的内线电话响了，渊上警官立即站起身来接听，随后看向武上他们。

"是下岛科长，他请我们到署长办公室去。"

"那就走吧，"武上用手敲了敲膝盖，站了起来，"去跟大老板打个招呼。"

这句话虽然不该说，不过武上是故意这么说的，大家对此心知肚明。他们虽然都表现得很轻松，但都清楚接下来到了要大干一场的时候了。

第二章

这起案件发生在二十二天前，四月二十七日夜里。

位于杉并区山垫町二丁目的新山派出所接到来电，称同区新仓町三丁目居民区一隅似乎有几个人在吵嚷，还传来了女性的惨叫声。这通电话不是一一〇报警，而是直接拨打了新山派出所的电话。

来电的人告知了自己的住址和姓名，是居住在山垫町二丁目的五十二岁妇女深田富子。富子是山垫町妇女会的代表，这些日子由于参与防盗活动，经常与当地派出所的警察交流。接到这通电话的巡警队长佐桥一成（55岁）也认识她。出于对她的信任，佐桥在接报后立即骑车抵达该地。

山垫町与新仓町东西毗连，因此，六年前在此地设立新派出所时，从这两个町的名称中各取一个字组成了"新山派出所"这个名字。而山垫町二丁目和新仓町三丁目从前是农田，如今还留有当时的痕迹。这两个地区间夹着一条不到一米宽的蓄水池，距离最近处甚至相接到了一起。

深田富子的家正好面对着这个蓄水池。她在电话中说明，争吵的声音就来自蓄水池对面，三栋正在建设中的预售房工地某处。佐桥队长便向该地进发。从新山派出所前往目的地，需要通过山垫町一町目的一侧，途中会路过深田家。深田富子站在玄关处，她刚看到佐桥队长的自行车靠近，就挥动手电筒。佐桥队长停下车，告诉富子让她回家去。

深田富子拿着手电筒，指向被蓝色塑料布覆盖的在建楼房，喊道："那儿，就是那儿。"

看来目标近在眼前了。

"我听到吵闹声就从窗户往外看，这时候传来了女人的叫声，我还看到塑料布被卷起来，有人跑了出来。"

深田富子非常亢奋，看起来还有点不安的样子。佐桥队长再次让她回家去，随后他骑车穿过了蓄水池上的混凝土桥，来到塑料布覆盖的工地附近，跳下了车。

山垫町和新仓町都是住宅区，与东京都内的其他住宅区一样，是有着相似历史的新街区。区内有一座座鳞次栉比的公寓楼，但是另一方面，历史悠久、有着所谓"豪农"之称的地主也仍有健在的，他们在近郊兴起了重振农业的风潮。因此，与东京都内的其他地区相比，这两个町内，将农田分割出售改建居民区的情况要较少一些。

对这片土地来说，这种情况肯定不是什么坏事。毕竟二十世纪九十年代已经过半，不堪忍受一代代累计的遗产税而放弃土地所有权的地主越来越多，这些土地流向开发商和一些中小型房产业人士手中。前者在土地上大规模建设密集住宅区并出售，后者零零总总地以打游击的方式建造预售房，并打出了"东京都内的住宅"的招牌。

如果从高处俯瞰山垫和新仓地区，在很长一段时间内，这里都是大块的绿色农田，零零星星点缀着屋顶和墙壁各式各样的小型住宅楼，形成了一幅东京都内少见的独特风景。然而，如今这一大片绿色正在一小块一小块地渐渐消失，被住宅楼取代。不过，受到从未有过的经济不景气影响，取代绿色农田的新色块不如以往密集，显得稀稀拉拉的，让人觉得有些寂寥。

这起案件中，那三栋被蓝色塑料布覆盖的建筑，就是散落在田间的在建楼房中的一部分。施工方兼业主是一家名叫"山田建筑"的公司，他们以定价高、品质好而在业界闻名。覆盖着楼房的塑料布上印有公司的大型商标，是一只用小树枝筑巢的黄色小鸟形象。

佐桥队长跳下自行车后打开手电筒照明，最初映入他眼帘的正是这只小鸟。虽然会筑巢的通常是野鸟，但这幅图里的，不管怎么看都很像金丝雀。观察野鸟是佐桥队长的兴趣之一，他每次巡逻经过此地时，都会不由自主地注意到这个商标。如今这个时候，第一眼看到的仍然是它。后来佐桥与同事谈起此事时，也不禁感叹越是身处这种关键时刻，反而越容易注意那些无关紧要的细节。

建设中的这三栋房屋，按老话来说正处于刚刚上完梁、初具规模的阶段。没有临时搭建的屋顶。不过如今的出租公寓大都使用"2×4建造法"①，基本不需要搭建临时屋顶，为了避免地基和立柱受到风雨侵袭，都会用塑料布覆盖建筑物。在这一点上，山田建筑公司做得无可挑剔，乍看之下，塑料布包裹得相当好。

---

①即两个平面、四个立面，又叫框组壁工法，其使用材料和安装工序均有特殊要求，属于高科技建筑材料的产物。

三年前，这块土地还没卖给山田建筑公司时，是属于一户姓江口的农民的。这块地作为农田来说有些小，还不到三百坪①。进入平成年代②后，这家人很快就不再种田，连家都搬走了，但并没有放弃这块地的所有权，把它作为菜园租了出去。佐桥队长在新山派出所刚成立时就被分配过来了，他很清楚这里原先是出租的菜园，当时还种植了大量形状不好看但很美味的土豆和茄子。但后来的租户是新手，不管种什么都长不好。

　　如今，这三百坪土地的大半部分已成空地，建设中的这三栋楼房位于一块巧克力似的长方形地基的西南角上，恰好占据了四分之一的空间，好似刚露头的新芽一般并排而立。

　　不过不管当时深田富子看到什么、听到什么，现在这里已是一片寂静，人影全无。佐桥队长踏着泥土，绕着这三栋建筑来回查看，用手电筒四处搜索。左边那栋、中间那栋，都一切正常，右边那栋也没有发现任何异状。佐桥队长的手电筒又照到了商标上的那只黄色小鸟身上，他无意中把光源往右边移动了一点儿，立刻感觉到不对劲。

　　那只黄色小鸟的翅膀尖端落有水滴似的东西。佐桥队长走近塑料布，把脸贴到那个商标上仔细分辨。不是一滴，而是好几滴，近乎黑色，还有些湿润。

　　是血迹，佐桥队长想道。

　　在此之前，他并不打算掀起塑料布往深处搜查。虽然深田富

---

①日本面积单位名，一坪约为三点三平方米，三百坪就是九百九十二平方米。
②日本年号，平成一年为一九八九年。

子说看到有人从里面走出来，可现在四周毫无人迹，就算是警察，随便进出一栋建设中的建筑，房产商也很有可能会来找麻烦的。因此最好避免这种情况的发生。

但是现在不是考虑这些的时候，佐桥队长不假思索地卷起塑料布。可能是为了安全起见，塑料布包裹得很紧，他用尽全力，也只卷起末端的五厘米，最终只得屈起身子，像钻下水道那样进入塑料布里面。

根本不用四处搜寻，目标就倒在佐桥队长跟前。那人身穿西服，身体扭曲，手腕微微蜷在头部附近，双腿以一种难看的姿势甩在一边，脸朝向一侧，一旁丢着一个男式皮包。

原本应该充满建材所特有的刺激性气味的建设工地里，如今被浓重的血腥味包围。

佐桥队长下意识地拿起警棍，这时一眼瞥见了自己的手表，闪烁着荧光的指针正指向晚上十点二十九分。

佐桥队长用手电筒照了一下尸体周围，发现距尸体下方两米的地方，有什么东西一闪一闪地反射着手电筒的光。他小心翼翼地靠近，照向地面，那里有一把刃宽两厘米左右的小刀，刀刃和刀柄全都染上了血迹。佐桥确认过后就来到塑料布外面，拿出了无线对讲机。

不久之后，根据被害人皮包中的物品，警方很快就确认了其身份。死者名叫所田良介，四十八岁，是东京都内奥利安食品股份有限公司本部营业二部顾客管理科科长。家住距案发现场步行不到十分钟的新仓二丁目一角，与妻子春惠（42岁）和女儿一美（16岁）三人一起生活。

佐桥队长后来也说起过一些当时的细节。由于案发现场那片地方一到夜晚就变得特别安静，因此，当他用无线对讲机呼叫警车的时候，警笛声一定传到了住在新仓二丁目的被害者妻子的耳朵里。就算她没有刻意听，也一定会注意到吧。一想到这一点，佐桥就觉得很不忍心。

第三章

"大家应该都已经碰过面了吧？"下岛科长用柔和的口气问道，一面挨个打量周围人的脸，然后问武上，"阿中的情况如何？"下岛是个眉目清秀的帅气男子，年轻时一定相当受欢迎。不过此时他却面露忧色，看起来不像是装模作样。

"还是没什么变化，不过现在没有消息就是好消息了。"

听到武上的回答，下岛科长频频颔首，道："我也不希望搜查本部的部下遭遇不幸。"

"您说得对。"

署长办公室算不上宽敞，但收拾得很干净，不仅是署长的办公桌，连待客用的沙发扶手上也一尘不染。朝东开的窗户和墙上悬挂的各类奖状和镜框都显得闪闪发亮，立川署长想必是个爱干净的人。署长办公桌正后方装饰着很华丽的日本国旗，上面的铁片及连着的金色珠子他一定让部下每天都擦吧。

"说起来，管理官最后竟然同意了这种没有先例的事情。"

在武上看来，立川署长与其说紧张，倒不如说是在害怕更合适。他没办法平静下来，脚也在不安地动来动去。

"并不是没有先例，"下岛科长平静地纠正他说，"这个方法绝不是乱来，万一进行得不顺利，我们损失的只不过是一下午的时间而已。"

"是这样吗……"

"确实如此，况且这是涉及未成年人的案件，正面突破的方式反而更有风险。"

强势的指挥者与软弱的负责人，武上听完这两人的对话后，脑海中顿时浮现出这样的想法，不由得觉得好笑。

——要是阿中看到了这一幕，也会觉得很有趣吧。

可是他现在横躺在医院的集中医疗室，恐怕连做梦都办不到。

——真是太遗憾了，抱歉，阿中，我会连你的份一起努力的。

武上仿佛能听到自己的心里发出这样的声音。

下岛规义警官比武上小四岁，是警视厅搜查一课三系的负责人，这里所说的"系"差不多相当于一般团队组织中的"班"。武上隶属于四系，也就是说，他与担任邻班班长的下岛警官并不是直接的上下级关系。而且武上负责资料管理，像今天这样与办案人员照面或是参加现场调查取证，其实是很难得的。

说到资料管理，正如字面上的意思，就是"负责文件"的工作人员。主要的工作就是一手包办搜查本部所必需的公文，以及负责管理各种调令、照片、地图和视音频文件。作为后方内勤人员，资料管理员是搜查本部内不可或缺的一个职务。此外，幕后的额外工作也不少。

由于搜查本部是由警视厅搜查一课的一个班和管辖案发地的派出所刑事搜查人员混合而成的一支队伍。大多数情况下，案发地派出所都不会单独设置人员去管理在杀人、抢劫、绑架等恶性案件的调查过程中产生的大量资料，这时候就由警视厅派出的资料管理人员来担负起这个职责。然而这项工作并不是谁都能胜任的。公文的书写和提交，对专职人员来说自然不在话下，但对不熟悉这一行的人来说却是一项苦差事。因此，熟悉这类工作的人自然会被委以该职务。不过，对于这一委派是委屈地被迫接受，还是乐于去承担，完全取决于本人的心态。

警视厅搜查一课下辖七个系，每个系都有一名专门负责资料管理的人员，因此总共有七人。武上就是其中的一个，以年龄和经验来说，他在这七个人中位居第二。

杉并区新仓三丁目在建住宅楼内发生的这起杀人案，原本是由下岛警官率领的三系负责的。三系负责资料管理的，是七个人中年龄和经验都居首的中本房夫巡警部长。他是个已经管理了三十年档案资料的老手。对于武上来说，他既是值得尊敬的前辈，也是熟悉的酒友。

再说回新仓三丁目的那起杀人案。案发三天前，也就是四月二十四日晚上九点过后，涩谷区松前町的"宝石卡拉ＯＫ"内，发生了一起恶性案件，在该店打工的二十一岁女大学生今井直子被人勒毙。这起案件是由武上所属的四系负责的，当时中本所在的三系还在待命中（正因如此，后来发生的新仓町案件就由他们接手了）。恰好手上无事的他主动来到位于涩谷南署的搜查本部，到武上组织的资料管理组帮忙。不过他并不仅仅是来协助办案的，其实还有别的目的。

这段时间里，武上和中本两人正商量着向上级申请引入一台高精度扫描仪。目前不仅是警视厅，所有的警察组织似乎都存在预算不足的问题。想购入一台新型电脑都会引起很大的骚动。在这种情况下，要让完全不懂资料管理工作的上层大人物们了解扫描仪如何能让工作完成得更快更准，并从口袋里掏出预算来，简直比向大象推销电饭锅还要困难。好的器材能减轻工作人员的负担，然而在大人物们眼里，这些器材都像是邪恶的东西。

因此，中本假装成来武上组织的搜查本部资料小组考察的样子，其实他打算将这份申请写成具体的报告。必须先让那些大人物们理解"扫描仪究竟是个什么东西"，这样也许多少能让他们倾听自己的要求。

"要是我自己负责的案子，哪有空写什么报告书，就算写了，也会被上面说'你这家伙光想着把对自己有利的事情写进去'，所以这次是个难得的机会。我不会给你添麻烦的，拜托了。"

武上对此没有异议，然而不久之后又发生了新仓町的案件，中本只能先去那里工作。

不过为了扫描仪的事，两位资料管理人员在繁忙中仍然频频交换情报，但两人都没有直接参与调查工作，对于案情的进展、事情的全貌，都提不出什么建议。不过，武上总有自己这边的案件会拖很久的不好预感，中本却觉得他们的案子会很快解决。当然，当时他们两个人都认为各自的案子之间没有什么联系。

然而，就在新仓町的案件发生两天后，也就是"宝石卡拉OK"的案件发生五天后，出现了显示这两起案件有联系的证据。而且不只一个，有好几个。

其中之一就是被害人的衣服上残留着的少量纤维。材质是很常见的化学纤维，但颜色很少见，是一种日本，甚至中国、韩国等亚洲地区都没有生产过的蓝色染料。经过进一步分析，发现一家总部设于加拿大渥太华的化学染料公司，在一九九八年末至一九九九年三月，这短短的几个月期间生产过这样的染料。当时该公司从同在渥太华的一家服装公司接到了特殊订单，才在这段时间特别生产了这种染料。

这家服装公司使用以这种名为"天空蓝"的染料染成的化学纤维，生产了两款成衣，分别是背心和夹克，都是之前就很受欢迎的经典款式。该公司给这种配色取名为"千禧之蓝"，两款服装都仅生产了两百件，为了迎合配色的名称，均于一九九九年的圣诞节作为限量产品上市，几乎瞬间销售一空。由于数量很少，除了个人购买外，日本并没有引进。不过，当时有一位人气偶像在参加圣诞节的特别节目时穿了这款服装，因此在年轻人中，"千禧之蓝"相当出名。

在涩谷被杀的今井直子，以及在杉并区的新仓町被杀的所田良介，两人的身都附有这种很少见的纤维。虽然数量稀少，但警方认为这两起案子的凶手很有可能在行凶时都穿着这款服装，在与被害人拉扯的时候，纤维附着到了被害人身上。由于是加拿大生产的服装，武上当时想到的是登山时穿的防寒效果极佳的背心和夹克，而实际上却只是一般外出时穿的那种。此时虽已进入四月下旬，但太阳落山后温度仍不高，案犯穿着这类服装看上去也不会显得不自然。

此外还有一个重要物证。今井直子被害的现场虽然是在"宝石卡拉OK"，但并不在室内，而是"宝石卡拉OK"租用的综合大楼四楼的安全通道内。这幢八层大楼的一层是餐饮店，二、三、四楼都属于"宝石卡拉OK"，接待处位于二楼。来唱卡拉OK的顾客一般都不会使用安全通道，只有工作人员偶尔会用。不过通向安全通道的大门并没有上锁，任何人都可以随意使用，不然也就称不上安全通道了。

案发当天，"宝石卡拉ＯＫ"所在的大楼的五层正在装修，装修工人曾使用过安全通道。因为是综合性大楼，又是营业时间，其他店的店主不想让这些工人使用电梯。

安全通道内到处都是五层室内装修所使用的白色油漆。虽然铺上了防脏的塑料布，但还是避免不了，有些地方还留下了油漆罐底部的清晰痕迹。杀害今井直子的凶手踩到了油漆，留下了很明显是鞋跟弧形部分的油漆印。由于安全通道内的地板上铺了布，因此很遗憾，没能得到凶手完整的鞋印，无法得知脚的尺码，但是可以确定，凶手确实踩到了油漆。

而在新仓町被害的所田良介的尸体旁的地面上，警方也检测出了少量的白色油漆。

新仓町的建设工地并没有使用那个牌子的白油漆，而且并未在所田良介穿的鞋子底部检测出这种白油漆。

调查进行到这个阶段时，武上和中本曾讨论过他们最终很可能会在这两起案件的联合搜查本部汇合，中本还认为将是人员较少的衫并署本部并入到武上他们的搜查本部。

当高层还在商讨两个搜查本部合并的事宜时，一个新发现促成了这次合并。三年前，当今井直子还是东京都内樱田女子学院私立女校的二年级学生时，曾到所田良介工作的奥利安食品股份有限公司本部打工，担任过食品试吃员。而且，所田良介正是当时负责招募女高中生当试吃员的、该公司保健食品开发部宣传小组中的一员。也就是说，两名被害人很有可能见过面。

不过，所田的上司和同事们都不记得"今井直子"这个名字，虽说在经过提示之后终于有人回想起有这个人，但看了照片后还是认不出来。

"因为当时只打算招十个人，却一下子来了八十到一百个女高中生。我们虽然大致核对了学生证并作了记录，但也不可能记得每个人的名字和长相。"

确实，二十岁左右是女性相貌最容易发生变化的时期，如果不是有雇用打工者的记录，很难发现两名被害者之间的关联。

最终，在新仓町的所田良介被害案发生七天后，两个搜查本部合并到了一起。如中本所料，杉并署的本部搬到了涩谷南署。

搜查本部合并后，人员结构上也发生了改变，现场的一线指挥者由武上所在的四系的神谷警官让位给合并过来的三系的下岛警官。四系的人听从三系的差遣，可以说是卖了三系一个面子。不过这种时候神谷警官并没有拘泥于面子的问题，武上认为这很像他的作风。

中本和武上闭口不谈扫描仪的事，默默地进行资料整理工作。两人都希望利用这次机会在案件现场进行一系列测试，彼此之间的合作很默契。

很多人把侦破案件比喻成《圣经》里的一个神话故事，就像混沌的大海被分成两半，露出中间的一条通道那样，谜底也总有一天会突然出现。然而，武上觉得事实并非如此。无法解决的案件常被称为"陷入了迷宫"，这可不是故弄玄虚的说法。未能解决的案件确实像迷宫一般复杂。不仅没有地图，而且迷宫里还存在着许多个阿里阿德涅①，她们给出了无数条线索，但如果不能亲自去走迷宫，就无法知道哪个阿里阿德涅所指的才是正确的出口，所以最终还是不得不走完整个迷宫。假使有人将可以把迷宫分成两半的摩西手杖交给搜查本部里苦恼的刑警们，他们也只会在疲累的时候撑着它驻足休息，最后还是得走完整个迷宫。因为就算破坏迷宫，制造出一个出口，也只会导致真正的那个出口反而变得找不到了。

所田良介和今井直子之间私下是否有联系，是一个至关重要的疑点。搜查本部从一开始就投入了大量精力，针对这一点进行调查。目前发现的两人之间的联系发生在三年前，当时还是高中生的今井直子，在奥利安食品公司打工，被雇为该公司当时发售的保健食品的试吃员，并按时反馈有关饮食习惯的报告。时间虽然长达三个月，但双方几乎只通过书信往来和电话联系。因此，作为奥利安食品公司的负责人和来打工的女高中生，两人只在最开始的说明会上见过一次面。而所田良介作为这个项目的总负责人，并没有直接听取女高中生们的试吃报告，而是由另外几名员工负责这项工作，并且清一色是女职员。

不过，负责听取今井直子的试吃报告的女职员对她印象很深。女职员记得她是个活泼开朗、非常爱讲话的女孩子。报告结束之后仍旧迟迟不肯挂断电话，还聊了很多有趣的话题，也让女职员有些腻烦。

---

① 古希腊神话中克里特岛国王米诺斯的女儿。她的母亲生了一个牛头人身的怪物米诺陶洛斯，国王把它幽禁在一座迷宫里，并命令雅典人民每年进贡七对童男童女喂养怪物，雅典王子忒修斯发誓为民除害，他借助阿里阿德涅给他的线球，通过了迷宫并杀死了这个怪物。

三年前，这名女职员是刚进公司的新人，突然被分配到宣传小组后一时之间手足无措，工作得非常辛苦。她告诉来问话的刑警说，刚面对这些女高中生时，她认为双方年龄接近，还松了一口气。可自己放低了姿态，这些女高中生却总会说些任性的话，也不遵守交试吃报告的时间，让她吃了许多苦头。

"但今井小姐跟那些任性的女孩子不同，她跟我聊了很多关于时尚和化妆品的话题，对职场新人的生活也很感兴趣，还问了我的薪资。她说她大学毕业后也想进大企业工作。"

女职员问过她具体想做什么工作。

"她回答说只要薪资高，公司里又有许多长得帅、有前途的男员工，做什么工作都行。我觉得很好笑，不过她就是这样一个坦率实在的女孩子。"

后来这名女职员又透露了一个让搜查人员很关注的细节。

"奥利安食品公司虽然算不上大企业，但也有一定的知名度。今井小姐大概也有点心动吧，所以才来应聘试吃员。她问了我许多关于员工录用考试的问题，还一直称赞说明会上碰到的宣传小组成员，说他们非常出色，如果有联谊会的话一定要叫她。我听了之后没当回事，但她不是在说笑，而是确实对宣传组的男职员感兴趣。她说过喜欢年长的男性，因为比较可靠什么的。我觉得她不至于去做援助交际这么出格的事，倒是很有可能会交一个出手大方的大龄男友。"

"不过……"女职员又特别补充道，"尽管如此，她从来没有提到所田科长的名字。至少就我所知道的，今井小姐没有跟所田科长接触的机会。但从我个人的印象来说，当时所田科长是宣传小组的主管,其他成员不论男女都是新员工,今井小姐称赞的那个很优秀的男性很可能就是所田科长。至于所田科长认不认识她我就不清楚了。"

此外,警方从今井直子的朋友的口中得知了一个重要信息。有一段时间,今井直子大肆吹嘘自己"正在和一位年长的男性交往",还表示"其实是搞婚外情"。

这事发生在她高二刚升高三的时候,也是她到奥利安食品公司打工大约半年后。后来,她又在高三暑假时声称与这个搞婚外情的男友相处得不好,很快又换了一个新男友。

今井直子的这段恋情很符合当下年轻人之中很流行的直来直去的爱情观,也可以看出,她把对不切实际的恋情的向往与现实混淆了。她的那个婚外情对象也许就是所田良介。

尽管两人在工作上没有机会接触,但只要今井直子对所田良介产生了好感,那么在街上偶遇也好,在车站碰见也好,只要有心,女方就能想办法接近男方。奥利安食品公司与今井直子的学校距离很近,两人在附近的车站相遇也不是不可能。据此可以推测,两名被害者之间确实很可能存在密切的关系。

这时候,又一个阿里阿德涅登场了。

这名女性并不是未成年人,但搜查本部内部至今还用一种嘲讽的态度称其为"A子"。她目前毫无疑问是搜查本部的第一嫌疑人,由于一直找不到决定性的物证,因此警方并未公开此人的身份。

A子是今井直子在大学研究小组的同学,因为重读了一年,所以比今井要大一岁。她是个很用功的学生,成绩很好,周围人对她的评价也不差。由于老家很远，因此靠家里人的补贴独自一人居住。她的穿着土气，生活也很拮据，与今井直子形成鲜明对比。

按老套的说辞来解释的话，今井直子与A子其实是情敌关系。今井直子的现任男友在她的葬礼上露了面，搜查本部确认其身份是大学生，以前同A子交往过。A子进入大学后两人就开始交往，是周围人公认的情侣关系。

然而今井直子突然横刀夺爱，抢走了A子的男友。这事发生在大约半年前。A子当然深受伤害，也非常气愤。虽说这种事很常见，任何人身上都有可能发生一两次这样的悲剧，但这么说并不能减轻当事人的痛苦和愤怒。这三人之间有过好几次严重的争吵，身边的同学也都清楚他们之间的三角关系。

三角关系中被抛弃的一方最终只能是输家，虽然这种时候不该执着于胜负，而是应该努力找回自己原来的生活，但是固执的A子无法原谅、也不能接受男友这样毫无道理的变心，她像唐吉诃德那样百折不挠，一次又一次地试图挽回男友的心，却屡屡遭到对方的无视、回避和厌恶，甚至还被今井直子嘲笑。

今井直子的这种恶劣行为让A子难以忍受，虽然所田良介并不一定是今井直子的交往对象，但她与年长的已婚人士搞婚外情的传言却是众所周知的事，当然这传言本来就是她自己散布出来的。在A子看来，今井直子毫不在乎地投身于不正当的男女关系，还四处宣扬，满脑子想着打扮和玩弄男性，完全不顾学生的本分，她实在无法接受自己竟会输给一个这样的女人。武上很能理解这种心情，如果他是A子的导师，一定会开导她，这个世界本就是这样不公平，尤其在男女关系上，更是完全不讲道理。

A子毫不掩饰地四处对朋友控诉说恨不得杀了今井直子，还称"一辈子都不会原谅背叛我的男人，一定要让他付出代价"。她自己也承认说过这样的话。实际上，今井直子被杀害后不久，她所在的研究小组的同学们都认定凶手就是A子，A子本人也清楚自己有很大的嫌疑，经常处于坐立不安的状态。

涩谷南署的搜查本部当时正准备对A子进行详细侦讯，就在这个时候，发生了所田良介被害案，也调查出了两起案件的关联性。A子虽然确实对今井直子怀恨在心，但她与所田良介之间毫无瓜葛，这又该如何解释呢？

最后反而是A子本人回答了这个疑问。联合搜查本部成立的次日，她在赶来东京的母亲的陪同下，造访了搜查本部，对案件进行了详细供述。（当时好几家报纸误将此事报道成凶手前来自首，中本兴高采烈地剪下了这些报道，收集关于案件调查的各种错误报道是他的兴趣之一。）

A子并未显得很亢奋，她坦然面对听取供词的刑警，进行了如下供述。

"其实，我——我曾经见过一次所田先生。当时我要和今井谈判，所田先生也一起来了，是今井带他来的，她说这种时候最好有大人在场。"

那是过完年之后的一个星期天下午，A子在日记中详细记录了一切，因此记得时间和地点。

"我们约在涩谷车站附近的咖啡店里见面，我记得大概是从下午两点到四点吧。那家店比较隐蔽，没什么客人。今井和所田先生先到了，我随后才到。"

所田良介对 A 子自称是今井直子的熟人，就像她的亲哥哥一样。

"这已经是我与今井的第四还是第五次谈判了，之前有时候只有我们两个人，有时候我男友——他也会来，不过所田先生在场还是第一次。"

A 子说今井直子对所田良介表现得很亲密，所田良介似乎也很自然地接受了。

"今井一会儿挽着所田先生的胳膊，一会儿又黏黏糊糊地抚摸他，所田先生一面任由她纠缠自己，一面还对我说教。他说我不该因为失恋就记恨对方，就是因为我性格这么阴暗，又死脑筋，才会被男友厌恶。还劝我不要像个小孩子一样。今井一直在一旁笑，我气得快发疯了，就对所田先生说：'你说你和今井的关系像兄妹一样，她在现任男友之前和一个跟你差不多大的男人搞过婚外情，还到处吹嘘，你在对我说教之前知不知道这些事？'"

结果今井直子反而笑出声来，她回答道："你在说些什么啊？什么知不知道的，所田先生就是我的前男友啊，虽然现在已经不是那种关系了，但我们还是朋友，所以他可是站在我这一边的。"

A 子说她当时目瞪口呆，什么话都说不出来。

"倒是所田先生还是有些尴尬，我想我没法再和这种人谈下去了，就起身走人了。今井还在那儿笑个不停，所田先生却追到店外来——"

他向 A 子道了歉。

"他说：'直子就是这样的人，我也拿她没办法。不过就是因为她是这种性格，我才不能不管她。'他让我不要再和今井纠缠不清，还说如果我有需要，他愿意全力帮助我，并给了我一张名片。我不想拿，但是他硬塞给我，我一路跑到车站，在站台上看那张名片。是他公司的名片，叫奥利安食品……背面还写着邮箱地址和手机号码。那个时候我……既不甘心又难过……然后就回家了……想了很多很多事……"

刑警问Ａ子："为什么愿意说出对自己不利的供词？"

"我很清楚今井被杀，我有很大的嫌疑，这是没办法的事。但凶手不是我，她绝不是我杀的。所以我想，不管你们怎么调查都没关系，我相信总有一天能证明我是清白的。

"但是，所田先生也被杀了，和今井的案子有关联，还有传言说这是连环杀人案。听到这件事后我真的很害怕，想着是不是有人想陷害我才故意犯下这种事。因为我认识所田先生——如果警方知道我是在那种情况下认识他的，就会更加怀疑我了吧？到时候恐怕我再怎么强调我是无辜的、我没有杀人、我不是凶手，也不会有人相信的。

"所以一开始我隐瞒了认识所田先生的事。我觉得不说就不会有问题了。可每天都听到大家在传连环杀人、连环杀人什么的，我实在受不了了。万一那家咖啡店的店员，或者别的人想起了我和所田先生说过话，就很有可能会去报警。那样我就百口莫辩了，也没有地方可逃，肯定会被当成凶手的。所以我决定，还不如自己说出来，我不是凶手，那两个人绝不是我杀的，我也没在背后做什么阴险的事。"

由于A子是一个人独居，因此在两起案件中都没有不在场证明。案发时她都独自待在家里，也没有打过电话，无人能替她作证。但是另一方面，目前也没有目击者称在两个案发现场看到过A子。她随意交出的鞋子上也没有检测出白色油漆。由于警方现在还没有切实的证据，无法申请搜查令到她家中搜查，因此还不知道她与那种蓝色纤维是否有关，但没有证词表明案发前她曾穿过这种配色（非常醒目、令人印象深刻的蓝色）的背心或夹克衫。A子近期没有到北美出游的记录，也没有证据显示她曾借过或是从别人那里得到过"千禧之蓝"的服装。也就是说，目前没有能够确定她就是凶手的物证或证词，一切仅仅是推测。

从作案手法上来说，也很难判断。今井直子是被勒毙的，但凶手不是用双手，而是从背后用类似塑料绳的东西套住脖子后将她勒死的。尸体的脖子后面留下了很清晰的交叉痕迹。尸体的背部，正好在右侧的肩胛骨下方，有一块拳头大小的圆形淤血，这种特殊的痕迹通常是因为凶手骑在趴着的被害人背上，用双膝抵住被害人，压迫对方才形成的。依靠这种手法，女性也有可能趁对方不注意时袭击并勒毙被害人。与注重身材、经常节食、全身瘦弱无肌肉的今井直子相比，A子身材高挑，高中时还曾是排球队选手，臂力很强（本人也承认了这一点），似乎足以实施这种手法。但女性也能做到的话，对男性来说就更是轻而易举了，因此构不成决定性的证据。

所田良介案的情况更为复杂。凶器确认是丢在现场的刃宽二十厘米的水果刀，但因为是非常常见的水果刀，所以无法查明出处。A子的住处并没有水果刀，而且她本人表示家里没有任何刀具。据称她虽然会自己做饭，但不会做需要用到刀具的料理。

所田良介全身共被刺了二十四刀，死因是出血性休克。足以致命的严重伤口共有八处，其余的十六处伤口分布在肩膀、侧腹、膝盖、小腿等部位，全部都是较浅的刀伤。从双臂和手掌上因自卫导致的伤口判断，他应该先是面对凶手站立，被对方从正面刺中，捂住伤口后退时又被凶手伺机袭击，仰面倒地。随后被凶手多次刺中身体，当时凶手应该是骑在所田良介的身上。经警方分析，这二十四处伤口虽然都是在被害人还有生命体征的时候留下的，但从伤口的角度、扭曲程度，以及水果刀刀刃所刺的方向判断，大约半数的伤口是在被害者完全失去意识、停止抵抗的情况下造成的。

想从正面刺中一个人，需要相当大的勇气。就算事先准备了凶器，到了关键时刻也不一定能下得了手。然而，若是因愤怒导致气血冲头，或是因谈判破裂导致情绪激动，突破了理智的最后防线，亢奋的情绪就会使人疯狂，最终拿起刀来乱刺一通。等到神智清醒时发现被害人已被砍得血肉模糊了，这种情况在刺杀案中也不少见。另外，在这类案例中，凶手的臂力也不是问题，在诸如火灾现场等紧急关头，女性纤细的手臂也能迸发出足以切断男性肋骨的巨大力量。关键问题在于案发当时的情况，因此，所田良介一案也难以判断凶手的性别。

经法医鉴定，这二十四处伤口不一定都是一人所为，有致命的重伤，也有数量很多的轻伤（其中还包括仅比擦伤略重一些的小伤口），同时出现这两种伤口，说明或许存在几个力道不同的人同时行凶的情况。

　　武上第一次整理这份报告时，突然想起了那本著名的外国推理小说，并对中本提起了此事。

　　然而，这个观点还有后续。经鉴定，那些重伤是行凶初期（也就是被害人站立着的状态下）留下的，而那些混杂的轻伤是被害人倒在地上的时候留下的。因此，也有可能是同一个凶手，在反复刺伤被害人的过程中精疲力尽，导致后来无法刺中要害。不过这一推测也无法判定凶手是男是女。

　　综合以上各种推断，Ａ子作为第一嫌疑人的说法就变得不确定了。不过这一观点本身就有待商榷，虽然动机很充分——至少在今井直子一案上如此，但在所田良介的案子上却未必。如果这两起案件是同一凶手所为，那么在今井被杀后已遭到周围人怀疑的Ａ子，又有什么强烈的动机非要再杀害所田良介呢？当然，也并非完全没有可能。如果Ａ子的供词属实，也可以据此推断出这样的情形：对Ａ子来说，所田良介是个多管闲事的人，今井被杀后，他很有可能通过某种方式联系Ａ子，要找她谈谈。两人在新仓町的案发现场碰面，所田也许说了些劝她自首的话，严重伤害了Ａ子的自尊心，最终导致Ａ子下手杀人，这也不是不可能发生的事。

　　报案人深田富子在证词中声称听到现场有女性的尖叫声，那么无论凶手是单人还是多人，其中必有女性在。这女人又是谁呢？能够推断她一定就是Ａ子吗？

　　但事到如今，又怎能放过有如此明显动机的嫌疑人呢？总之，目前最需要的就是物证和决定性的目击证人——这样的气氛弥漫在联合搜查本部的核心人员中间。

然而，在这种情况下，有一天——武上记得是新仓町的案件发生正好两周后——中本很难得地对案件发表了自己的观点。

武上很惊讶，一部分是因为中本竟然会发表这样的推论，另一部分是因为当天搜查本部内的几名年轻刑警也发表了与中本类似的观点，但在搜查会议上被无视了。这令他们很受打击，一个个看起来都怒气冲冲的。

他们的观点是，应该舍弃 A 子是凶手的说法，试着把视线转向其他相关人士上。A 子之所以被当成头号嫌疑人，是因为警方就今井直子一案进行了集中挖掘，如果把重点转移到所田良介的案子上，也许能找到完全不同的动机。

"阿中，你不会是听了那些小家伙的抱怨吧？"

中本笑着挠了挠毛发稀疏的头顶。"我可不是你，怎么会去听那些年轻人的话。不过，还是有跟我想法一样的人啊。"

他显得满不在乎又有些得意。

"这说明我的脑子还挺好使的吧？也就是说我不光会整理资料。当然啦，我并不是看不起这份工作。"

"嗯，我明白你的意思。"

武上点了点头。中本却闭口不谈了，显得有些不好意思。武上觉得他在这种画蛇添足的言论后露出的尴尬表情比他所说的话要更真实一些。

阿中大概是厌倦了资料整理的工作吧，武上心想，像他这样一心专注于文件整理工作的资深人士，即使在工作上得到很高的评价，也终究会感到疲惫厌倦的。那么自己又如何呢？在短短的数十秒中，武上这样扪心自问。

又过了几天，警方对 A 子的怀疑依旧没有改变，也没有新的发现。案件相关范围内的线索都已被挖掘殆尽，搜查本部内的气氛开始沉重起来。那些年轻刑警再次提出了之前的观点，又引起了一些争议。

中本也在冥思苦想，显得有些心神不定。午饭时间，他与武上两人吃完荞麦面，各自抽烟的时候，他突然像想起了什么似的开口道："我都已经三十年没碰过资料整理以外的事了，这不是我做事的风格，但我还是想试试看。"

"你要提交意见书吗？"武上问。

"我才不想死板地走流程，"他笑着摆了摆手，"我只想和下岛先生稍微聊两句。"

"三十年"这个词仿佛有着深远的含义，中本的口气听起来像刚刚意识到自己那么长时间一直在从事幕后工作似的。

武上没有阻止他，中本之前所说的话，让武上明白了他的心情，因此他没有多说什么。虽然并不是看轻中本，但武上觉得上司不会这么轻易调动他的职务。

然而出人意料的是，中本的意见竟然迅速被采纳了。这让武上大吃一惊。

"其实下岛先生也有相同的想法，但会议上的气氛倾向于否定，因此他下定决心当这个出头的人。"

"我就像是扑火的飞蛾呢……"中本笑着说，但表情看起来很欣慰。

之后下岛和中本他们开始商讨具体的计划，中本被调离了资料整理的岗位，武上则继续原来的工作。武上仅被告知了这个计划的概要，他觉得这是个很周密的计划。计划由下岛警官担任指挥，采纳并执行中本的意见。武上听到下岛他们称"这项计划仅作为侦讯中的一个环节来实行"，不禁觉得好笑，心想这大概是他们采取的预防措施。

由于这个计划最好有女刑警参与，搜查本部便紧急从杉并署调来了一个人。武上得知来的是石津千佳子，不觉又吃了一惊。这次的案件真是接二连三地发生令人意外的事。

石津千佳子是个能勾起他回忆的名字，不过在回想往事前，武上先皱紧了眉头。因为，这次她的立场会相当尴尬。那是四年前的事了，当时石津千佳子还在本部的纵火搜查班里，在调查一桩不同寻常的大规模连续杀人案中，她因严重违纪行为被遣回原来的辖区，从此坐上了冷板凳。由于身负恶名，她没法调去公关中心，最后只得待在了杉并署。

中本当然也非常了解石津千佳子这个人及她的"前科"，他将手挡在嘴边，压低声音偷偷对武上道："看不出下岛先生还挺狡猾的，万一出了什么状况，他会不会打算把责任都推到她身上？"

武上觉得有一半的可能。

"要真是这样，阿中你不是更危险？"

"我没关系，大不了回去整理资料，反正离退休也没几年了。"

"原来如此。"

"是啊。"

中本在那一瞬间眯起双眼，仿佛试图抓住正在快速溜走的某样东西。

"如今能再次回到一线,就算冒点风险,我也在所不惜。"

武上沉默地点了点头。

他想,也许在不远的将来,自己也会和中本一样对现在的职务感到厌倦,渴望到一线工作,体会破案带来的极大成就感。这就是他点头的原因。

中本是称心如意了,可武上仍然在担心石津千佳子。他虽然没有立场直接帮忙,但还是会密切关注她。

不,他也不该这么悲观,或许中本和千佳子还能通过这个计划立功呢。虽然不知道中本的能力,但千佳子可不是没本事的刑警。而且她的性格绝对能胜任这次分配的角色。

正当一切准备就绪,众人静待"侦讯"计划开展的时候——

中本却突然病倒了。

病因是突发心肌梗塞。这已经不是第一次了,不过上次的病情较轻,只是感到胸口发闷,住院几天就痊愈了。但这次完全不同,他在警署的楼梯上突然昏倒,在失去意识的状态下被救护车送去了医院。

这是前天下午发生的事,中本直到现在仍然处于昏迷状态,躺在加护病房里。

但是,他提出的计划中的"侦讯"环节无法延期,下岛科长没办法代替他,何况葛西管理官也不会同意。

那么,谁能接替中本的工作呢?

下岛警官之所以用中本,是因为万一这个"侦讯"计划失败的话,他可以找各种借口给中本开脱。由于他不是搜查本部的一线人员,因此就算惹出了什么麻烦,也不必想方设法遮掩。

而且这个计划在本部只有极少数人知道，事实上大多数人根本不关心。

不过四系的神谷警官对这种事特别敏感，而且他深知武上的性格。在中本住院引起的骚动告一段落后，他在本部训示室外的走廊上叫住武上，单刀直入地问他："阿武，是不是只能由你去代替中本了？"

武上苦笑道："也没有其他人选了。"

"可以让石津千佳子来做，反正她已经参与了这项计划，只是从配角变为主角罢了。事到如今，她也没什么可损失的了。"

没等武上问他是否当真，神谷警官就大笑起来。

"我是开玩笑的。"

"我想也是。"武上也笑了起来。

"阿中应该是厌烦整理资料的工作了吧，所以才一心想要去一线。"神谷警官看穿了这一点，"要不然他可以只陈述自己的意见，由其他人来进行这个侦讯。要是阿武你的话，就会这么做的吧？"

"我可没有厌烦这份工作，我还很有兴趣呢。"

神谷警官无心调侃他，反而赞同地点了点头。

"阿武，就算我阻止，你也会去接替中本的吧？"

"不，没有警官的许可我不会去的，这不是我的本职工作。"

"我不会阻止你的，我允许你去。"说完他快步离开走廊，经过武上背后时又说，"去吧，不管怎么说，只要半天就结束了，做得好就是大功劳，失败了也不会有什么麻烦的。"随后他又目光犀利地补充了一句，"我觉得很有可能成功。"

"谢谢您。"

武上对他鞠了一躬,走进训示室,找到了下岛警官。提出将由自己接替中本的工作时,武上看到下岛警官露出明显松了一口气的表情。他的脑海中又浮现出了中本的脸。阿中,我这么做对吗?

就这样,武上参与了这次侦讯。作为紧急上场的临时演员,台词都背熟了吧?

发信人：妈妈
收信人：minoru
主题：关于新家

　　爸爸告诉你新家的事了吗？爸爸说他想要书房，他现在的家是老房子改建的，好像大部分地方都已经破破烂烂的了。
　　他说家附近有还在修建中的很不错的房子，但是离车站很远，所以还在犹豫。
　　他还说买房子的时候不能光看一两次，要挑不同的日子，在天气、时间都不同的时候多看几次，这是看房的诀窍。
　　爸爸好像会在下班后去看那边的房子，真不错。下次我想让他带我一起去看，不过这样会不会太厚脸皮了？

第四章

"我们用第二侦讯室,稍微有点小。"

石津千佳子边说边率先走下楼梯,武上和德永抱着搜查资料跟在她后面。

"第一侦讯室的窗户朝向北面和东面,一到下午就会变得很暗。"

"而且第二侦讯室的单面透视镜是新的,好像是上个月刚换的,"走在武上身旁的德永说道,"据说是因为嫌疑人抡起椅子乱甩,把之前的那面给砸碎了。到底是什么样的案子啊。"

第二侦讯室位于蜿蜒曲折的走廊深处。涩谷南署的建筑物虽然不算陈旧,但整体采光都不太好,显得很昏暗。即使在大白天,走廊尽头安全通道大门上方的指示灯也特别显眼。

此时,第二侦讯室门前走廊上的长椅上正坐着一个大块头男子,那是四系的秋津信吾。这个年轻刑警与武上的关系很不错。他一看到武上他们,就站起身嘿嘿地笑,右手还拿着卷成筒状的文件。

"我听说你们好像要搞一件很有意思的事。"

"我可不能保证一定有意思。"

"阿武还是这么冷淡。哦,你好啊,德松。"

被叫到的德永明显露出很不高兴的表情。他的名字是松男,听起来略有些老气。爱时髦的德永非常讨厌这个名字。秋津明知这一点，却还故意这么叫来调侃他。

"你不是要去奥利安食品公司吗？听说接待处的小姐长得很漂亮呢。"德永回击道。

"确实是个美人，但不是我喜欢的类型，太娇小了，我喜欢身材修长的。她还是比较适合德松你呀，你们俩站在一起搞不好就像是用鹌鹑蛋雕的天皇和皇后的女儿节人偶。"

秋津的身高超过了一米八，而德永只有一米六五左右，这对时髦的德永来说又是一块心病。喜欢戳人痛处正是秋津的一个坏毛病。

武上挥手让秋津走开。

"别在这里浪费时间了。"

千佳子边笑边伸手打开了第二侦讯室的门，秋津亲切地向她打招呼。

"这位是石津女士吧？我是阿武的手下秋津。"

"你什么时候成了我的手下，还是你想申请来做整理资料的工作？"

"要是来了会要我吗？"

"粗枝大叶的人可不要。"

秋津"哎呀"了一声，笑了，用右手里的纸筒敲了敲自己的脑袋。

"见笑了，其实我来这里是想看一看阿武年轻时的梦中情人啊。是吧，石津女士？"

千佳子瞪大了眼睛。"你是说我？"

"当然是你啦。"

"德永,把这个傻大个儿赶出去。"武上说着与千佳子擦身而过,走进了侦讯室,"别听这个肌肉发达的笨蛋胡说八道。"

"听到了没有,肌肉发达的笨蛋!"德永挺起胸膛说,"石津女士,这里有没有扫把?"

"只怕小鹌鹑没有力气把我扫出去,"秋津还击道,又继续纠缠千佳子,"下次再请您好好跟我说说当年跟阿武一起工作的事吧。"

"好啊,如果你想听大婶唠叨陈年旧事的话。"

"我很期待呢,那么回头见了,小鹌鹑,不要只顾拍翅膀影响阿武工作哦。"

秋津说完就大步离开了走廊,恼羞成怒的德永在千佳子的催促下走进了侦讯室。

武上抱着胳膊站在窗前,透过坚固的窗框向外望去。楼下是警署的停车场,中间隔着一条狭窄的单行车道,对面就是居民公寓和综合大楼共用的商住混合区。蔚蓝的天空中有大片薄薄的白云,涩谷地区的嘈杂声随着春风从侧方传入了室内。

武上转过身背对窗户,对面墙壁的左侧是货真价实的墙壁,右侧则镶嵌着一面单面透视镜。武上走到对面,无意识地用手抚摸着镜子。

房间的正中间有一张桌子,隔着桌子放着两把折叠椅。窗边还有一张小桌子,这是负责记录的警官的固定位置。除了一部挂壁式的内线电话外，屋内墙壁和地板上并无多余装饰。这间侦讯室正如常在电视剧里见到的那样，要说还缺什么小道具，大概就是照亮嫌疑人脸的台灯，以及廉价的金属烟灰缸之类的东西了。

武上拉出折叠椅坐下，椅子与地板摩擦，发出刺耳的噪声。

"有几年没做这种工作了？"千佳子背对着大门问道。

"我想想……有多久了呢？大概十年没做了吧。"

"也就是说，你去了本部之后就立刻调去做资料整理了？"

"我并不讨厌那份工作。"

德永走向窗边的小桌子，将手里抱着的记录用文件摊在桌上。

"其实我已经习惯这份工作了。"他说。

"嗯，我知道。"武上道。

"一切照常就行了吧？"

"那就再好不过了。"

"我明白了。再确认一下，武上先生，真的不需要烟灰缸吗？"

"一开始不用，等问不下去的时候再拿出来吧。"

"好的。"德永边说边举起手。他就是爱做这种花哨的动作，才会被秋津那样口无遮拦的家伙取笑。

武上和千佳子很有默契地看了看手表，快到两点十分了。

"那么，我就先去前厅里等着了。"千佳子说。

"那就麻烦你了。她是一个人来吗？"武上问。

"不，她母亲也一起来。不过我会请她母亲留在警署内。"

武上点了点头。"那样最好。要是她无论如何都想让母亲陪同的话，也可以让她母亲在场。"

"不用担心这一点。"

武上觉得千佳子话中有话，就看了她一眼。千佳子点了点头，说："这对母女的感情并不好，今天一美小姐原本想一个人来的，但春惠女士执意陪同。听说一美小姐非常不喜欢母亲对她什么都管。不过家里有正处于青春期的孩子，这一步是必经之路吧。"

"我女儿差不多从十岁起就嫌我麻烦了。她上小学时我偶尔回家，她还会问我：'爸爸今天要住在家里吗？'好像我住家里还得付住宿费似的。"

千佳子和德永忍不住笑了起来。德永说："下岛科长也常抱怨这种事。"

"武上先生，令千金的成人仪式……"

"已经办过了，她现在都大学三年级了，但也就是嘴上能说。"

"是吗？时间过得好快呀。"千佳子边说边走出了侦讯室。

武上翻开资料，从上衣内袋里取出眼镜戴上。

德永有些意外，便问道："武上先生，你有老花眼了吗？"

"这是昨天现买的眼镜。"

"还是先检查视力，再配合适的眼镜比较好吧？"

"其实我还不需要眼镜。"武上看到德永笑了起来，急忙补充道，"不是要面子，我确实还没到老花眼的程度。只不过觉得今天最好还是戴眼镜。"

德永思考片刻后问道："是为了不让对方看穿心思吗？"

"嗯，也可以这么说。"

"阿武，你想太多了吧。"

"但愿如此。"

这时,内线电话响了起来。

"人来了。"武上说。

发信人：kazumi
收信人：minoru
主题：讨厌我自己

有好多不明白的事，已经懒得再想了。我到底为什么会变成现在这样呢？

minoru，你会感到不安吗？我对所有的事情都感到不安。这个世界需要我这样的人吗？有人爱我吗？有时我感觉自己无家可归，对不起所有人。就算我不在了，朋友们也会毫不在意吧。minoru也这么认为吧？只要再找新朋友就行了。父母也一样啊，说什么父母会无条件地爱孩子，都是骗人的。没用的孩子还不如不要，我根本没法回报父母的期望。他们一定会觉得，怎么生了我这种女儿。

发信人：爸爸
收信人：kazumi
主题：别担心了

minoru拜托我对爱胡思乱想的kazumi说几句话，爸爸和妈妈都很爱你，你是个好孩子。

第五章

所田一美走进涩谷南署时,大厅里的几个年轻男子都像被线牵引着似的,一齐扭着脖子盯着她看。

一美完全无视了他们的目光。她不是因为紧张或不安而没有注意到,她察觉到了那些目光,但她散发出一种讯息,表示"你们可没有看我的资格"。

相比起来,她的母亲所田春惠却是一脸怯意。她主动看向所有人,一个个地与他们视线交汇,她的表情仿佛在拼命地向每个人解释"我的女儿为什么会来到这里",那眼神看上去令人心酸。

母女两人衣着打扮上的差异也很大。春惠一身深灰色的针织套装,搭配简朴的黑色皮包和同色鞋子。除了手上的婚戒外,全身上下再无配饰。一美则穿着五分袖的针织衫,下身是长度仅在膝上方两厘米的迷你裙,纤长的腿配一双高跟凉鞋。短裙虽是全黑的,但面料质地很好,带着光泽。针织衫上有黑白两种色调组成的几何图形。设计精致的项链末端坠着银质十字架,垂落在丰满的胸部前,不停地晃动。染成栗色的头发长度及肩,一侧挽到了耳后,露出耳垂上的金色小耳环。

这种打扮的女学生虽说在千佳子的那个年代也不少见,但十六七岁就穿成这样的女孩儿,在大多数情况下就是所谓的"不良少女"。但所田一美却不是这种类型的女孩儿,她读的是有名的私立女校,成绩也在年级里名列前茅。只能让人感叹时代在变化。

石津千佳子走近这两人,向她们招呼道:"今天辛苦你们了。"

春惠见到千佳子和渊上警官,看上去高兴得都快哭了。

"不好意思,我们迟到了。"

"不,还有五分钟呢。"千佳子笑着说,然后看向一美,"抱歉,还让你向学校请假。"

一美往母亲身后退了两步,避开千佳子的目光,问渊上:"在哪里问话?"

渊上警官爽快地回答:"我马上带你过去。"

"那么,我……"春惠惊慌失措地说,"我真的不需要一起去吗?"

千佳子和渊上警官还未开口,一美就毫不客气地说:"都说了不用了,我不是已经说过好几遍了吗?我不喜欢妈妈在旁边唠唠叨叨的。"

"渊上小姐,那就请你带一美小姐到二楼去吧。"千佳子顺势插到母女俩中间,拉起春惠的手说,"这边还有些东西想请妈妈看一下。"

千佳子带着春惠穿过大厅,经过交通科的执勤室,进入一间用来开碰头会的小会议室。破旧的桌子上陈列着从证物保管室拿来的各种物品,有衣服、鞋子、手帕、笔记本和几个文件夹。

春惠瞥了一眼证物,立刻认出了它们。

"这些是您丈夫常用的东西和随身携带的包内的物品。"千佳子边说边拉了一把椅子让春惠坐下。

"我们为了搜查需要，从所田先生公司的办公桌和储物柜里取来了不少物品，现在都可以如数归还给您了。但是我们无法分辨哪些是私人物品哪些是公司的，夫人您可以认出来吧？"

"嗯……可以。"春惠用手捂住嘴巴，很快地点了几下头。

"这些东西要是弄错就不好了，麻烦您一件件确认。这里也包含着您对丈夫的回忆吧，我们不会打扰您的，请不要在意时间，慢慢来。"

千佳子指了指房间角落的内线电话。

"要是有什么事，请用那部电话拨打'221'联系我。我走不开的话，会请渊上警官过来的。"

"我明白了。"

"要给您拿些冷饮吗？"

"不用了，我没关系。"春惠含着眼泪说，"不好意思。"

"夫人您不用道歉。这些物品虽然我们已经慎重处理了，但为了鉴定的需要，有些可能还是被弄脏了。还有部分衣物不在其中，仍然作为证物由警方保管。"

"好的，是，我理解。"

春惠打开带来的小手袋，取出一条看上去洗了好几遍已经褪色的手绢拭泪，眼泪很快被吸干了。

"石津女士。"春惠用哀求般的声音叫住了千佳子。千佳子轻轻地坐到了春惠身旁的椅子上。

"怎么了？"

"我女儿，一美，她真的能够指认凶手吗？接下来警方会带一些嫌疑人来这里吧？我在电视上看到今井小姐的朋友很可疑，但实际上不是这样的吧？所以才需要一美的证词？一共有几个人？如果一美无法指认凶手，你们会如何处置那些嫌疑人？"

千佳子微笑着对春惠说："我们确实很期待一美小姐的证词，不过就算今天的尝试进行得不顺利，我们也不会停止搜查的，请您放心。"

"一美不会直接与那些嫌疑人见面吧？不会被他们报复吗？"

"当然不会，没事的，侦讯室里的人不会看到一美小姐的，我们会好好保护她。"

春惠攥着手帕问道："报纸上也没提到一美看到过凶手的事吗？电视新闻和其他媒体都没报道过，对吗？"

"是的，我们没有对外透露这个线索，因此一美小姐很安全。"

千佳子一口气说完这些，轻轻拍了拍春惠的手。

"而且，一美小姐看到的人也未必就是凶手。我们想尽可能地了解您丈夫生前接触过的所有人，无论他们之间的关系是深是浅，因此才请一美小姐来帮忙。"

春惠呆呆地望着面前的一大堆遗物，小声说道："那孩子很生气。"

"一美小姐很生气吗？"

"是的，因为她父亲被杀了，她非常憎恨杀了父亲的凶手。"

春惠迅速地摇了摇头。

"我当然也恨凶手，但是，石津女士，我还是……还是伤心更多一些……还是无法接受突然失去丈夫这个事实。我还是很震惊……所以心里很混乱，也许是我太软弱了，没办法对凶手憎恨到那个程度。"

"我理解您的心情。"千佳子温柔地回答道,"如果我与夫人有同样的遭遇,恐怕也会跟您有一样的反应。"

"可是石津女士你是警察啊。"

"警察也是人,所以夫人您并不是软弱的人。"

春惠的眼睛里落下一颗泪珠,滴在手背上。

"一美真坚强。"

"嗯,她确实是个很刚强的女孩子。"

"她的内心比我坚强太多了,我丈夫也很坚强,她一定是遗传了她父亲的性格。那孩子对我很冷淡,也是因为我什么都不懂,只会哭,一点用都没有,才会让她不耐烦的。"

春惠身边大概没有可倾诉的对象吧,千佳子决定听听她的心事。

"那孩子说她一定会找出凶手,找到了就绝不会轻饶。"

"是吗……"

"她还说过要报仇,要杀了凶手。"

"是对夫人您说的吗?"

"不,她不会跟我说这么直接的话。她是对朋友,跟男朋友打电话的时候说的。她非常激动,用的手机,我无意中听到的。"

"大概是什么时候?"

"就是几天前,在家里。"

"她的男朋友是谁?"

虽然千佳子很快就想起了一美男朋友的姓名和长相,但她还是明知故问。

"他姓石黑。据说是一美同学的朋友。说是男孩子好像也不太妥当，他比一美大好几岁，大概有二十岁了吧。"

"我没听一美小姐说起过她男朋友的事，渊上大概知道吧。她们两个感情很好呢，"千佳子笑着说，"用现在年轻人的话来说，是叫'卿卿我我'？"

春惠也忍不住笑了起来，但仍然眼眶泛红。

"我也只见过他两三次。他没有到家里来玩过，是来接一美的时候碰巧见到的。"

千佳子点了点头。

"一美对石黑无话不谈，我丈夫的事，她不肯跟我说，但好像什么都对石黑说。今天出门前也给石黑打了电话。那孩子非常有勇气，她说一定要自己找出凶手。"

千佳子平静地说："我们也会留意不让一美小姐过于激动，这对她来说，也是很痛苦的事。"

春惠又重复着说："她完全不信赖我，这也是没办法的事，我本来就不像那孩子一样坚强。"

她看起来一脸落寞，很快就闭嘴不说了。千佳子也默默地陪着。终于有了一个人，向独自背负着一切的春惠伸出援手，陪她一起渡过。

面对一个受到伤害、内心充满恐惧和悲伤的人，自己却只能为她做这点事，这让千佳子深感无奈与焦躁。然而，在长时间担任警官的人生中，千佳子懂得了一个道理。要想继续在这条职业道路上走下去，尽力帮助他人、施展自己所长的毅力固然是必不可少的，但是光有毅力还不够，还必须要有与这份毅力同等程度的，不，可能是更多的忍耐力。在无法帮到他人、无法起到作用的时候，依靠这股力量来支撑自己。

"不好意思，尽唠叨一些废话。"

春惠沉默了一会儿之后，再度道歉。千佳子从椅子上站起身来。

"您还好吗？"

"嗯，我没事了，抱歉。"

"如果还是太难受，今天没法辨认完所有遗物的话，也请不要介意，尽管跟我说。"

"我明白，不过已经没事了。"

春惠用手帕擦拭眼角，又轻轻按了按鼻子。然后便重新坐正，伸手拿桌上的遗物。

"一美小姐那边一结束我就会立刻带她过来，请不用担心。"

千佳子说完就走出房间，回到走廊上。她先来到总务室，吩咐一位职员在半小时后端一杯咖啡到最里面的小会议室。随后向二楼走去。

据说所田夫妇是办公室恋爱，之后结合的，想必当时是一对极为般配的情侣。所田春惠年轻时应该是个乖巧温柔、楚楚可怜，能让男人产生保护欲的女生，或许就是这一点吸引了所田良介。

不过所田良介是怎么看待他妻子的呢？他喜欢照顾年轻女孩儿，也享受被她们依赖的感觉，甚至沉迷其中。春惠如今已是人老珠黄，在他心里大概没有任何地位了。他还准备卖掉旧屋，买一套新房子。如果妻子也能像房子那样轻易更换，他会不会这么做？

一想到这些事，难免会心情低落。千佳子用力抖动双肩，给自己打气。

石津千佳子并不是一开始就参与到所田良介被杀一案的，因为她在杉并署内毫无地位可言。

从警视厅本部调往地方警署的例子并不少，这些调动都有各式各样的原因。但是千佳子被调动却是无人不知的降职。她并不是直接从本部调到杉并署的，而是先到丸之内署的刑警课待了一年，专门负责资料整理工作。随后再转调到杉并署。虽然同样是在刑警课，但她在这里却被当成打杂的，仍然负责文件档案的保管整理及案件调查过程中的联络事宜。所谓的联络事宜，其实就是接线员。

四年前，千佳子在本部的纵火调查班。在一起案件的调查中发生了前所未有的突发状况，导致多人丧生。她自认为已在整个过程中竭尽全力，但还是被负责人认为有违纪行为，最终落得降职的下场。

当时周围人都很担心，千佳子自己却并不感到愤怒，也未反抗。发生了一起那样超乎寻常的案件，社会各界肯定无法接受。尤其对于无论好坏总是遵循旧体制的保守团体警察界而言，更是超出了他们的理解范围。千佳子认为，他们会有这样的反应也是理所当然的。另外，她还通过这起案件，窥探到了警察界的一部分阴暗面。她希望借此机会让自己远离这些事，并尝试改善自己棱角分明的行事作风，因此暂时离开本部，也符合她的意愿。

然而，千佳子这样的身份，在调到杉并署后陷入了尴尬的境地，成了一个被忽略不计的闲人。因此，在被派到搜查本部的第三天，突然接到前往所田家担任警卫的任务时，她大吃一惊。比起前几天的惊讶，她对参与今天的"调查"这种事倒是见怪不怪了。

当时上司来向千佳子说明这次的调查需要女警支援，他的口气听起来就像是在拜托邻居大婶帮忙办红白事一样。当然，因为对这种小事发火毫无意义，更何况需要保护的是失去一家之主而无依无靠的所田太太和她的独生女，她就更没有理由拒绝了。千佳子很快就接受了任务，又在执行过程中结识了渊上警官，两人决定搭档行动。

所田良介一案发生后的第三天，警方证实他与在涩谷被杀的今井直子之间存在私人关系。两起案件被定性为连环杀人案，这使得搜查本部内的气氛开始活跃了起来。

不过，对所田母女提供保护一事本来并不在案件调查的计划中，而是所田一美主动提出的。

她告诉警方，几个月前开始，她一直接到恶意的骚扰电话，上下学的路上还被人跟踪过。一美表示骚扰电话里的声音听起来像是个年轻男子，而跟踪她的人看起来似乎也是个二十岁左右的年轻人，因此她判断很可能是同一人所为。

"我把这件事告诉了爸爸，我爸爸——我父亲他很担心我，有时候早上会陪我一起走到车站。父亲跟我在一起的时候就没人跟踪了。但是后来我又接到了一通骚扰电话，对方说'别以为有你老爸陪着就没事了'。"

一美说她一度因为此事而提心吊胆，但过了半个多月，什么事都没发生，她也就逐渐淡忘了。然而，父亲被害后，她又突然想起此事，不由得担心起来。

"我想会不会是那个男人对父亲做了什么……"

不过，就算那个男人是个跟踪狂，她却对自己是否曾惹过这样的人没有半点头绪。

"我跟男朋友相处得很好，以前也有短暂交往过的男生或者一起出去玩过的男性朋友，但都没有发生任何问题。我想这大概是单方面的行为，是完全不认识的陌生人擅自找上我的。但是，万一这事与爸爸的被害有关，那该怎么办……"

搜查本部判断所田良介被杀一案并非独立案件，而一美认为是她把被跟踪一事告诉父亲，父亲开始保护她，跟踪狂才会找上她父亲的。警方不能贸然接受一美的猜测，但也不能完全排除这个可能性。在命案发生后的几天内出现的与案件相关的任何线索都不能放过。因此，警方决定保护所田母女，并监视她们周遭的动静。这就是搜查本部提出"需要女警"的原因。

千佳子第一次见到一美时，发现她相当害怕。当时她表现出的恐惧感要远远超出愤怒的情绪，整个人完全陷入惊恐的状态中。

也许是因为年龄相仿，千佳子与所田春惠很快就熟悉起来了，而渊上警官则与一美更亲近。两人说是在保护所田母女的人身安全，但在形式上并不像保护目击证人那样戒备森严，彼此之间相处得非常融洽。渊上警官会身着便服出入所田家，或是陪一美一起买东西，有时也会在一美的请求下留宿所田家，仿佛两人是关系极好的朋友一般。留宿时，渊上警官就在一美的房间里睡，把客用被褥铺在地板上就寝。

联合搜查本部成立的时候,千佳子和渊上仍然在保护所田母女。一星期后,警方决定改变警备方式,改由当地交警定期巡逻这种较宽松的形式。

话虽如此,但这并不是搜查本部单方面的决定,而是所田母女主动提出不再需要保护。本来担任指挥官的下岛警官认为,千佳子和渊上警官都不是搜查本部的主力,不会影响人手安排,为以防万一,他打算继续让她们保护所田母女一段时间,并观察动向。但所田一美却非常消沉,她说跟踪狂的事可能是自己胡思乱想。事实上,千佳子等人在所田家执勤期间,她确实没再接到过恶意骚扰电话。一美和渊上警官外出时也未发现可疑人员的踪迹,一切都很正常。

虽然也可以推测跟踪狂是因为察觉到有警方保护才停止了骚扰行为的,但这段时期搜查本部一直把调查重点集中在 A 子身上,并没有特别关注威胁一美的跟踪狂。如果凶手就是骚扰一美的跟踪狂的话,那么在所田良介被害之前,他为什么突然消失,却又在一美都快忘了此事的时候迅速行动,而且没有接近一美,反而杀害了她的父亲呢?这太不合情理了。因此,目前 A 子的嫌疑显然更大。

一美表示自己没事了,不再需要警方的保护了,所田春惠也没有反对。不过,一下子撤去警卫,只剩下母女两人,春惠似乎也有些不安。她问千佳子:"解除保护以后,如果有事还能不能找你商量?"千佳子回答:"当然可以,不用客气。"此后,千佳子每天都与春惠通电话,还时不时到所田家拜访,即使时间再少她也记得去看那对母女。由于千佳子一开始并不算调查的主力人员，因此有时间做这些事，就算住在所田家也没问题。这些关照其实与调查案件同样重要，然而遗憾的是，警方完全没有意识到这一点。

"我已经不再担心跟踪狂了，都怪我多嘴。"

一美在得出这个结论之后，就真的像变了个人似的。她看起来不再是一脸惊恐的样子，反而常常面露愤怒之色。千佳子心想，一美会有这种转变，或许是她已经认定了Ａ子就是凶手。对一美来说，父亲与年纪相差很大的年轻女孩儿有不正当关系，并且很有可能因为这个原因遭到杀害，这让她一时之间难以接受。她很可能决定暂时忍耐，静待Ａ子被捕的那一刻。

然而，不久之后，一美又向警方提供了全新的证词。她说这半年以来，有好几次在街上偶然看到父亲，他都和自己不认识的人在一起。

"有一次是周日，我在车站看到父亲，他站在对面站台上，正在和人聊天。还有一次是在母亲常去买东西的一家超市的停车场，我看到父亲的车停在那里，他在车里，隔着副驾驶座的车窗跟人讲话。后来，我还接到过两次打给父亲的电话，我刚说了句'他不在'，对方就挂断了。不记得是第一次还是第二次接到这种电话后，我放下听筒时无意间朝外看了一眼，发现有人在我家房子的围墙外徘徊。一共就这三次，我发现父亲身边有陌生人。当时我觉得没什么大不了的，车站那次可能是有人问路或是恰好遇上了熟人，电话的事我虽然觉得很讨厌，但后来也没发生什么，所以我很快就忘了，也没有跟父母提起。"

就像算准了时机似的，调查人员刚从一美口中得到新的证词，几乎就在同时，警方在调查所田良介笔记本电脑的硬盘时，发现除了同事和家人外，他还在网络上与一些网友有往来。

所田良介的电脑里留下了充足的证据，证明他用这台机器做了哪些事。不过基本上都是漫无目地浏览网页，以及与包括公司同事在内的朋友们交流。这些是普通网民都会做的，没什么特别引人注意的地方。他与今井直子之间似乎并没有邮件往来，警方并未在这台电脑里发现今井的存在。今井的朋友也表示她对电脑没兴趣，只喜欢用手机。

搜查本部认为，所田良介喜欢找年轻女孩儿，那么就很可能经常上交友网站。然而，与他们的推测相反，电脑里并没有发现这方面的线索，反而查到了一个出人意料的事实。

所田良介在网上组建了一个家庭。

有妻子和一对子女，包括他在内是个四口之家。他们互相称呼对方为"爸爸"、"妈妈"、"kazumi"、"minoru"，经常通过电子邮件交流，也不时在线上聊天。而且，他们的交流并不仅限于网络，至少见过一次面。所田良介曾在发给"kazumi"的邮件中提出还想再聚一次。

警方很快便确认，网名为"妈妈"的人并不是所田春惠，而"kazumi"也不是所田一美[①]。母女俩异口同声地表示，对所田良介在网上还扮演着另一个"爸爸"一事毫不知情。春惠根本不会用电脑，在听刑警说明此事时，她一开始完全不明白对方在讲

[①]在日语中，一美的发音写成罗马字就是 kazumi。

什么。

"他对我和妈妈有什么不满吗？我们还对他有意见呢。"一美恼怒地说，"在网上跟陌生人玩过家家，是为了逃避我们吧？真搞不明白爸爸到底在想些什么！"

也难怪一美会生气。千佳子为所田良介的死感到可惜，他应该活着，来承受一美的愤怒。不过，一个人隐藏的秘密竟然会因为他的死亡而如此赤裸裸地被揭露出来，这样直接的案例实在很少见。

"都到了这个地步，我一定要找出凶手。不是都说那个叫Ａ子的人有嫌疑吗？让我见见她吧。"

千佳子劝阻她说"还没有确定"。一美的眼神中显露出挑衅的意味，她握紧拳头说："那么，等确认凶手是谁，让我见见他吧。我想问问他，为什么要杀了爸爸，我爸爸到底是个怎么样的人，凶手非要杀了他不可。我有权利知道爸爸干了些什么事吧？爸爸一死，他活着时不想让别人知道的事情也被翻出来了，让我们丢了脸，还伤了我们的心，简直是太过分了。"

一美的控诉合情合理，千佳子也想让凶手告诉一美杀人的原因。

不过，前提是必须先找到凶手。

目前联合搜查本部仍然一心认定Ａ子是凶手，对其进行穷追不舍的逼供。千佳子也清楚这一点，然而她不免有些担心，这条路到底对不对呢？

另一条看起来支离破碎的线索——所田良介的秘密生活中是否有可能隐藏着真正的凶手及杀人动机呢？这条线索难道就这样

放任不管吗？

一美目击到的与所田良介在一起的那些身份不明的人物，是否应该列入调查对象？把调查目标集中在 A 子一个人身上，真的正确吗？

在千佳子还在对这些疑点冥思苦想时，突然接到任务，让她参加今天的"侦讯"。之后她才得知，联合搜查本部内部也有少数人与她有同样的疑问。千佳子听取了他们的想法，发现这些人对案件的分析远远超出了她自己的推理范围，甚至还有扩大的趋势，千佳子不由得为春惠和一美感到痛心。

最终，千佳子来到了今天的侦讯现场。

她得知在这个搜查本部负责资料管理的是武上悦郎时还有些惊讶，不过听说他代替中本巡察部长担任此次"侦讯"的负责人后反倒不那么吃惊了。武上总是扮演这样的角色，从年轻时就是如此。

那个叫秋津的刑警似乎有些误会了，千佳子与武上私下并无亲密关系，更谈不上是他的梦中情人。她比武上大三岁，两人刚认识时就已经各自成家了。因此彼此之间并无任何男女之情，有的只是工作上的默契，以及由此而来的认同感。虽然两人后来的发展际遇全然不同，但千佳子很欣慰，武上的为人并没有什么变化，她希望自己在这位豪爽正直的刑警眼中也没有改变。

这时，千佳子突然想到了一个问题，一个人表面上为人处事的样子和他内心的想法，到底哪一面才是真实的呢？对所田良介来说，到底什么是真实、什么是谎言呢？他能够理解一美的愤怒吗？

没错，正如春惠所言，一美始终处于愤怒的状态。刚才在大厅里见面时，她明显一脸怒色，让千佳子惊讶不已。一美无法掩饰自己的怒火，一半也许是因为她太年轻，要说另一半因何而来，大概会在今天接下来的侦讯中揭晓吧。

第六章

　　这是武上第一次见到所田一美。此前他整理了关于一美证词的大量文件报告，并仔细阅读过，但还是头一次当面观察她的面容——特别是眼神。

　　他听说一美的成绩很优秀，本人看起来也确实像个有头脑的女孩儿。一美显得非常紧张，打招呼的口气很死板，态度冷淡。武上也没有在这种场合扮演"和蔼可亲的警察叔叔"的打算，他明白，这个聪明的女孩儿现在需要的不是他的柔声安慰或关照，而是有效率地执行这次的侦讯，因此他便迅速开始了。

　　"接下来，我会让三个人进入这边的侦讯室，依次接受讯问。"

　　一美听着武上的说明，抿嘴点了点头。

　　"你父亲生前与这三个人都曾有过接触。不过，我们事先并不会告诉你他们的姓名、年龄、身份，以及与你父亲是何种关系。你听了他们的话自然就能明白。"

　　此时武上的表情第一次缓和下来。

　　"其实不用我说你也知道，今天请你来这儿，要你关注的不是他们所说的内容，而是他们的声音和说话时的神态、动作。所以，等会儿不管我问了什么，还是他们回答了什么，你都不必特别留意。"

一美一言不发，只是再次点了点头。武上很想知道这个女孩儿回应别人时习惯用"嗯"还是"是"。

"你看上去很紧张，不要紧吧？"

一美的视线略向下移，同时用手在脸颊旁扇着。

"这里有点热。"

"我去叫他们开空调。"德永站起身来向外走去。

门关上后，一美的双眼盯着那扇门，突然开口道："什么叫我爸爸生前接触过的人？为什么说得这么含糊，直说吧，等会儿要来的人就是什么'妈妈'、'minoru'、和'kazumi'吧？"

她一边发问一边把视线转向武上。

"确实如此，"武上答道，"我们只是希望你不要先入为主。"

"我才没那么蠢。"

一美不屑地吐出这句话，然后把头转向另一边。

"我要坐在那边的房间里吗？"

"没错，你的座位在单面透视镜的那一侧，这样这边的人就看不到你了。"武上站到单面透视镜前说，"所以，你可以放下心来，平心静气地观察他们。"

一美走近单面透视镜，用食指触碰镜面。

"我在警匪片里看到过，我就知道侦讯的时候你们要用这个。"

"是吗？一般情况下，我们是不会用这种房间的。"

"一般你们不是会让几个嫌疑人并排靠墙站着吗？"一美迅速地转过头，问道，"然后让他们向前走一步或者转个身什么的，这次不打算这么做了吗？"

"我们认为这次这么做的话反而会让你觉得混乱。"

一美"哼"了一声，无声地说了一句话，口形看上去又是在说"我才没那么蠢"。

"另外，还有一件事要提醒你，就算今天你在这三个人中认出了谁，也不能说明这人就一定是杀害你父亲的嫌疑人。因此，不用太紧张。"

"我才没有紧张。"

武上笑了笑。一美把脸凑到单面透视镜前，鼻尖都快碰到镜面了。

"真的看不到另一侧呢，明明和普通的镜子一模一样。"

"没骗你吧？"

"不过，如果来这里的人像我一样看过刑侦题材的电视剧或电影，不是能猜到有这种东西吗？也会知道我坐在另一边看。"

"他们可能会猜到有人坐在另一边看，但是不会想到是你的。"

一美没有接武上的话，而是对站在侦讯室门旁的渊上警官说："昨天，我为了让思路更清晰，试着回想了很多事情。"

渊上警官迅速地看了武上一眼，应道："结果呢？"

一美皱起那对修得很漂亮的眉毛，露出苦恼的表情。"反而更混乱了，我想试着想起什么，但记忆好像很快就溜走了。"

"确实，经常会发生这种事。"渊上警官温和地说，"所以顺其自然就好。"

"如果你没有心情，我们可以取消侦讯。"武上说。

一美立刻做出回应。"不，不要取消。"她用力摇头，栗色的长发随之飘荡，"我可以完成。"

"那太好了。不过不用勉强，如果中途觉得不舒服，随时可以向我们提出。"

"我没问题。但是，刑警先生，"一美露出强硬的眼神，"如果我想让你们向那些人提一些问题，或者要求他们做几个动作，我该怎么做？"

武上稍稍偏过头，让她看自己的右耳。"看到这个像助听器一样的东西了吗？这是耳麦，连接到了隔壁的房间。如果有什么需要，你可以告诉石津警官或渊上警官，我们的对话也会通过麦克风传到你那边的房间。"

一美听了这话似乎放心了，终于露出了微笑。她提出侦讯开始前想去一下洗手间，渊上警官陪她离开了侦讯室。

这次换成德永走了进来，他挑起浓眉问道："那女孩儿几岁来着？"

"十六岁。"

"看起来真成熟，妆化得很漂亮，就是说话太粗鲁。"

"都这年头了，还为这点小事大惊小怪的，你可怎么成事？"

"成什么事？当好警官还是单身男人？"德永弯起嘴角笑了起来。

"你还是个王老五啊？！"

"阿武，这种说法已经过时了。"

"看来我周围净是找不到老婆的家伙。"

"因为大家都看中了阿武的女儿啊。叫法子是吧？都说长得很讨人喜欢呀。"

"谁说的？"

"就是那个肌肉发达的笨蛋。"

武上扑哧一声笑了,坐到椅子上。"不管谁看中了我女儿,都不会是秋津,那家伙是出了名的花心,还敢说什么'找不到女人'"。

"我想也是。"

武上的脑海中浮现出女儿的面容,要是女儿法子的脸上露出刚才所田一美的表情,会是怎样一番情景呢?如果是法子走进这间侦讯室,或是坐到单面透视镜的另一边,又会有怎样的表现呢?

"我们可是花了很多心思培养女儿的,"武上咕哝道,"听说她现在在和一个刑警交往的。"

德永吹了声口哨。

"她本来在大学里有一个男朋友,后来把人家甩了,换了现在这个,好像是最近刚开始交往。"

"对我们来说就像是圣母观音一样的法子小姐,竟然会看上没多少薪水的地方公务员啊。"

"圣不圣母的我不管,但再怎么看,还是之前的那个男友比较像样。"

"男人不能看外表,其实女人也一样。"德永念了一句诗,"朝为红颜,夕成白骨啊。对了,这红颜就是长得好的意思。"

"那个所田良介长得也不赖。"

"但他对妻子不忠,当然啦,我的意思不是所有外表出众的人都会对另一半不忠。不过,要是长相好看和对另一半不忠这两个要素凑到了一起,大概会很容易引发不幸吧。"

武上笑了起来。"你是说那位妻子吗?你说话方式还挺老派的。"

所田良介与今井直子的关系浮出水面后，搜查本部不得不详细调查所田良介与女性的关系，导致所田春惠在忍受丧夫之痛的同时，还得面对许多令人难堪的询问。尽管如此，不知道是负责询问的刑警办事老练，还是春惠这个女人本身的性格所致，在她的极度配合下，报告书的内容相当完整。武上只看了报告书，不清楚春惠在侦讯的过程中心情如何，但在她的证词中看不出丝毫的抵触情绪，这让武上在同情她的同时，也感觉到一丝无法言喻的诡异之感。

"我丈夫他……确实喜欢拈花惹草。"春惠是这么回答的，"甚至可以说，结婚二十年来，他还没有哪一年不去招惹女人的。

"他喜欢年轻的女孩子，男人大多都有这种毛病，不过我丈夫他，怎么说呢，他不仅喜欢女孩子，还很擅长让人家喜欢上他。作为妻子，说这种话可能有点奇怪，但他真的很容易交到女朋友。一开始我当然也很生气，忍无可忍的时候就抱着还是婴儿的一美回娘家去了。然后我丈夫就一脸垂头丧气、可怜巴巴的样子来接我们，说自己错了。可是等事情一过去，他又变回老样子了，这种事情重复发生了好几次。

"如果不是一结婚就怀了一美，也许我也没法一直忍耐下去。但是，过了十年这样的日子，有时候我会想，为什么他明明那么花心，却还能正常回家呢？他绝不会抛弃家庭，也不会无视我和一美。在不知情的人看来，肯定会认为他是个顾家的好爸爸，他也确实很体贴。

"我想他的花心说到底就是一种病吧。不过他虽然交过很多女朋友，但每个都交往得不深。说来有点奇怪，那些女孩子中的大部分都把他当成兄长一样依赖。我想他要的就是被年轻女孩子依赖，他享受那种照顾女孩子的感觉。只要被人请求或者依赖，他就从不会拒绝。

"我丈夫从奥利安食品公司拿到的薪水虽然过得去，但因为是上班族，手头也不可能有很多钱用来挥霍。他也不会乱花钱，使得我和一美过得很窘迫。我想他和女孩子出去玩的时候一定为怎么用钱费尽苦心吧。但当我提出一美是独生女很寂寞时，丈夫却说抚养小孩太花钱，一个就够了，最后我只能放弃再要一个孩子的念头。在他看来，家里多一个人，零用钱一定会因此缩减吧。不过他非常疼爱一美，一美出生的时候他高兴坏了，说就想要个女儿，想当女孩儿的爸爸。不久前，他在替公司内部刊物写文章时还写道'我的梦想就是在女儿的结婚仪式上，挽着她的手走过教堂的通道'。

"所以，不管再怎么花心，他应该也没打算舍弃家庭吧。他大概认为只要没被发现出轨就行了。但怎么可能不被发现呢？他在这方面实在过于乐观了，他完全没想过我是怎么看他的吧。

"我不认识今井直子小姐，她应该是我丈夫的女朋友之一。我不清楚他们交往到何种程度。你们说他们曾有过一段亲密时期，后来分了手，转变成朋友或兄妹的关系。对我来说这一点都不意外，正如我刚才所说，我丈夫他就喜欢这样。

"你问我为什么不离婚吗？我丈夫从来没提过，我自己偷偷想过，但那也是十年前的事了……我的意思是，后来我想开了，把他的花心当成一种病，并由此得出结论，那就是离婚对我来说只有损失，没有任何好处。

"就算我跟丈夫摊牌，对他说：'你知道你每次出轨我有多伤心吗？'他也只会很无奈地说'可我也很顾家啊'，而且这也是事实。

"或许是我心太软了，总是没法狠下心来，没法恨我丈夫。他还像个孩子一样，像个小男孩儿。我想索性就当自己是他的妈妈或姐姐，一起快乐地生活也不坏呀。反正人早晚都会老的，到时候也只有夫妻之间能够互相扶持依靠。

"你问一美怎么看？那孩子也不小了，似乎也察觉到了她父亲的这种癖好。就算没有看出来，她这个年龄的女孩子多少都会对父亲要求苛刻或者进入叛逆期了。尤其是这一两年间，她在家里都没怎么跟父亲说过话。我丈夫想尽办法讨一美喜欢，希望她跟自己说话，一美却根本不理他。我觉得丈夫挺可怜的，不过这也是他自作自受，也许还能让他稍微反省一下自己。

"说起来……在这一点上，我确实很讨厌今井直子小姐。一美都这么大了，我丈夫竟然还在外面跟那么年轻的女孩子纠缠不清。他自己可能还觉得这是两回事，无所谓呢。一美也对我发过火，说我对丈夫言听计从，任由他胡闹，自己一点主意都没有，她还问我：'妈妈，你到底过的是什么样的人生啊？'当时我回答她，妈妈有妈妈自己的生活，夫妻之间的事你还不明白。我想就算这样敷衍着回答她，她也能够理解——至少能够试着去理解，因为她是个那么聪明的女孩。

"尽管如此，一美还是认为我是个没用的母亲吧。这次丈夫出事，我都束手无策，只会哭哭啼啼……一美肯定不耐烦了。"

中本读了报告中这段冗长的独白后，曾表示非常佩服她，还说世上竟然有如此宽宏大量的老婆。

"不过，世上可能就是有这样的夫妻吧。只要他们本人觉得幸福就好，就是孩子会受不了。"中本说。

当时武上回答说："自己说自己心很软，我可没法相信这种人。"中本听了哈哈大笑。

"阿武说的也有点道理。"

警方就同样的事情也对一美进行了侦讯，与询问春惠比起来费了更多工夫，一美的证词报告相当简短。

"你们已经从我妈妈那儿听说了吧？"

这就是她的开场白。

"我也知道我爸爸经常跟年轻女孩子交往，这种事要想不知道也难。不过我完全不认识今井直子这个人。他们是最近才交往的？你们可能听我妈妈说了，大概从我进了中学开始，我爸爸就整天唠唠叨叨的，我们经常吵架。这段时间，我已经尽量不和爸爸说话了，只要一说话，他就会挑我的毛病，说我晚上玩得太晚，用手机聊天太久，还有男友——我是说石黑。爸爸老是看不惯石黑，还一直骂我不老实，说辛辛苦苦把我养大，但我一点都不知道回报什么的，总之净是这类话。石黑说，是因为我长大了、独立了，所以我爸爸觉得寂寞，我这才觉得有点同情爸爸，想对他好一点，但只要一碰面，他就还是老样子。

"我想等我年纪再大一点，进入社会后，可能会更宽容地看待爸爸。但是现在我做不到，所以与其两个人争吵，还不如装作不关心，保持距离比较好。这一年来，我一直对爸爸保持这种态度。

我知道他很忙，在公司里也很卖力，我也不希望家里老是纠纷不断。"

警方向所田春惠求证后，证实确如一美所言，这对父女最近正处于冷战状态。

警方进行侦讯的时候，一美正在为那个行踪不定的跟踪狂担心不已，还处于被保护中。书写报告的刑警考虑到身处这种状况中的一美思考方式或许会受到限制，因此加上了"等跟踪狂的事解决后，最好再对她进行一次侦讯"的建议。当时武上认为这个建议很有先见之明，现在他仍然这么觉得。

跟踪狂事件不了了之后，几乎就在同时，所田良介在网上组建了一个"家庭"的事也被发现了，警方随即又对春惠和一美进行了侦讯。春惠对电脑和网络一无所知，她认为组建这个"家庭"只是源于所田良介花心的毛病，并不属于他正常的人际交往。

"我听丈夫的下属说过，公司里的女孩子们有时候也会管他叫'老爸'或'哥哥'。这大概是办公室里的玩笑话，不过我丈夫本人如果不喜欢这样，他的下属也不会把这事告诉我了。我丈夫很受下属尊敬，不仅是女性，男下属也是。他们大多数人都出席了我丈夫的葬礼。我丈夫生前很照顾他们，也许就是因为这样才被叫作'老爸'的吧。我想网上的情况也是如此，会不会因为那些网友都很年轻，才使用这个称呼的呢？"

春惠说，她认为丈夫与网友们的关系并没有亲密到可以称之为虚拟家庭的程度。

一美却与她母亲的反应截然不同。她非常气愤地表示，父亲爱玩、爱拈花惹草姑且不说，但在外面搞这种过家家一样的事却绝不能原谅。

"我实在是搞不懂这些事，咽不下这口气。他肯定对妈妈和我不满吧，我们还对他很不满呢，瞒着我们做这种事，到底有没有考虑过我们的感受？而且，那些人里面还有一个跟我的名字一样吧？虽然是网名不是本名，可还是让我很不舒服。去找到这些人吧，万一他们就是凶手呢？不管怎么说，快点抓到凶手吧！我要知道凶手到底为什么要杀我爸爸，我要知道爸爸到底对凶手说了些什么！"

正是在做出这番饱含愤怒的发言之后，她提供了目击父亲与不认识的人在一起的证词。这些证词是她之前从未说过的。

当时中本认为这女孩儿正在气头上，因此很可能无法分辨自己的想象与实际的所见所闻的区别。

"她虽然说了绝对不会原谅凶手，但在我看来，更像是不能原谅父亲。不管怎么说，这女孩儿的证词一变再变，因此，我们该更慎重地看待这些新证词。"

武上对此也有同感，他们还就此事进行了讨论，直到一个想法在中本的脑海中渐渐成型——

"阿武，我实在无法认同他们的调查路线是正确的，我不认为A子是凶手。"

武上回想起中本的话，他嘀咕的话语仿佛还在耳边回荡，这时佩戴的耳机里传来石津千佳子的声音。

"这边准备就绪，一美小姐已就位，随时都可以开始。"

武上瞥了一眼单面透视镜，当然看不见千佳子她们的身影，只映出仿佛即将进入棒球场击球区的自己的脸。

德永看了看武上的表情，点头确认后，拿起了内线电话。

"那么，传唤第一个人进来吧。"

发信人：妈妈

收信人：kazumi

主题：紧急情况

你知道爸爸的事吗？我想马上见你。

发信人：妈妈

收信人：minoru

主题：re：紧急情况

爸爸出了很严重的事，我们赶快见面吧。

发信人：kazumi

收信人：妈妈

主题：告诉我

是你杀的吗？

第七章

进来的是个瘦小的年轻人，皱巴巴的白T恤挂在肩头，显得瘦骨嶙峋。下半身的牛仔裤也是破破烂烂的，只有脚上那双蓝黄相间的运动鞋是崭新的。橡胶鞋底摩擦着地板，发出涩涩的声音。

武上起身迎接，示意他坐在对面的椅子上。但年轻人正目送带他来这里的制服警员关上门离去，并没有马上转头看武上。

"请坐吧。"武上对他说，他发现自己很紧张，心里有些不安。

年轻人却仍站在原地，只转头依次看了看武上和德永，又将目光投向房间正中央的书桌、窗户、墙上的镜子和内线电话，最后又飞快地将视线转回门口。

如果在他视线停留的地方做记号，再用线连起来的话，说不定能绘制出一张代表某种含义的星象图。擅长侦讯的老练刑警甚至能够迅速说出星座的名称。不过武上已经许久不做星象观测，早就忘了那些星座名了。

"请先坐下吧。"

为了缓解自己的紧张情绪，武上不假思索地用了比较轻松的语气，话一出口才发现似乎起到了反效果，不禁暗暗在心里提醒自己要镇静下来。

年轻人终于转身面对武上，开口问道："这里就是侦讯室？"

令人意外的是，他的声音十分洪亮。

武上微笑着说道："是的，不过，我想你来这里之前应该已经有人对你解释过了，我们并不是要对你进行侦讯，只是有许多问题希望你能配合警方回答一下。由于问题的内容有些敏感，为避人耳目，才不得不使用这个地方。"

"避人耳目？"年轻人像听到外语似的重复了一遍，歪头露出纳闷的表情。

"我的意思是不希望其他人听到。"

"哦，这样啊。"

年轻人简单地回应后落座，他挺直腰背，两手摆在腹部的位置，胳膊紧贴着身体。

武上说了自己的姓名和身份，也让德永做了自我介绍。年轻人作出下巴朝前伸的姿势点了点头，动作很别扭。果然对方也很紧张呢，武上心想。

"我们首先需要确认一下你的姓名和住址。"武上翻到资料中的一页，上面是中本用工整的笔记所作的记录。

"你叫北条稔，是吧？家住东京都八王子市八坂……"

北条稔确认武上念的地址正确无误，他的语气显得特别僵硬。即使隔着一张桌子，武上仍注意到他的双手紧紧地握在一起。

"一九八三年出生，今年十八岁？"

"我的生日在十一月，现在还是十七岁。"

"我明白了。上面写着目前待业中，没有读高中吗？"

"去年休学了。"

"中途退学了？家里就你和父母三个人吗？"

"是的，那个，我在家附近租了一间公寓，嗯……是家里人帮我租的。"

"你是说房租由你父母承担吗？"

"是的。"

"有没有打工？"

"偶尔会。有一次我想买电脑，老爸只肯付一半，剩下的就靠在便利店打工攒钱了。"

稔快速说完这些话，猛地抬起了头。

"刑警先生，你是不是忘了说什么话了？"

"什么话？"武上惊讶道，德永虽然侧身背对他而坐，但武上想象得出他肯定也挑起眉毛，露出疑惑的表情。

"喏，你们不是会说那句话吗？"稔嘿嘿地笑道，"你有权保持沉默，但你所说的一切都将成为呈堂证供什么的。电视里不都是这样演的吗？"

武上笑了起来，他并非敷衍，而是真心觉得好笑。

"你又不是嫌疑人，所以不需要做这些警告。"

"喊，原来是这样啊。"

"但是你也不能撒谎，不然只会阻碍警方办案。一般情况下，我们只要稍加调查就能很快拆穿你的谎言，这对你没有好处。因此，你只要如实回答我们的提问就可以了。"

"一般情况下吗？"稔不再正襟危坐，他半躺在椅子上仰望灰色的天花板，"就是说有些谎言还是不会被拆穿的喽？"

"就算如此，也不代表我们允许你说这种谎话。"

"既然不会被拆穿，还有什么允不允许的？"

"在伦理和道德上也是如此吗？"

稔好像突然完全放松下来了，他用双手撑在桌子上，凝视着武上说道："刑警先生，你还挺有意思的。"

"多谢夸奖。"

所田一美的侧脸也很美，隔着一张椅子坐在她左侧的千佳子不时看向她那线条优美的下巴。

侦讯室的门一打开，一美就立即倾身向前，额头都快贴到单面透视镜上了。她眼睛一眨不眨地紧紧盯着，直到武上露出笑容，北条稔将手摆在桌上开始说话，她才坐直身子。接着她将手伸进放在腿上的布制小包内，摸索了一阵后掏出了手机。

千佳子向她投去询问的目光。一美察觉到了她的视线，便握着手机问："不能用手机吗？刚才有震动提醒，应该是短信，我得回复。"

"不发出声音就没关系。不过，这不会让你分心吗？"

"不回短信反而更让我分心。"

一美确实有些心神不宁。

"请便。"

一美立刻用右手熟练地按键开始发短信，她大概记住了所有按键的位置，双眼仍然凝视着单面透视镜对面的侦讯室，手指却没有丝毫停顿，飞快地按着键盘。千佳子虽然在电车上见过同样的情景，但近距离目睹还是不由得心生佩服。

最后，一美打完所有内容按下发送键，才将目光重新回落到手机上。

"你在给谁回短信？"

千佳子用自认为亲切的语气询问，却换来一美警觉的目光。

"朋友。"她生硬地回答道。

"其实我知道你们为什么叫我来。"

北条稔耸了耸他那瘦削的肩膀。

"是为了所田先生的事吧？不过，你们不是已经知道凶手是谁了吗？我看到新闻报道了。"

"但是新闻里没说凶手已被捕吧？案件还在调查中。"

"哦，是这样啊——"稔像小学生一样拖长了尾音回应道，"我和所田先生只在网络上交流过，我不清楚他的私生活，跟他也不怎么熟。"

武上平静地问道："你不是还管他叫'爸爸'吗？"

稔瞪大了双眼，随后似乎是为了试图缓解这一过激反应，他又急忙眨巴了几下眼睛。

"那只是网上的昵称，是所田先生的昵称啦。"

"但你用了本名'minoru'[①]，是吧？"

"是的，这样比较直接啊。"

"这样的很少见呢。"

"我不喜欢刻意改名。"

---

①在日语中，稔的罗马字写法是minoru。

坐在武上身后的德永再度挑了挑眉毛，北条稔似乎注意到了，他眯起双眼注视着德永。

"真麻烦。"他小声嘀咕道，"喂，刑警先生，我真的不太了解所田先生，我们只是在网上认识，玩玩虚拟家庭游戏罢了。我也没机会了解所田先生啊。"

"就算如此，我们还是想知道关于所田先生的一切。"

"真搞不懂你们。"稔噘着嘴说，他看起来已经不紧张了，侦讯开始进入状态。

"像个白痴一样。"

石津千佳子听到了这句小声抱怨，看了看一美。

"怎么了？"

一美抬了抬下巴，示意单面透视镜的另一端。

"都被叫到侦讯室了，他就不能好好回答吗？"

千佳子微笑道："你是说北条吧，他肯定是太紧张了，在逞强罢了。"

"那位刑警先生也太好脾气了，就不能拍桌子吼他吗？"

"一开始就这么做的话，会没法正常问话的。"

千佳子瞥了一眼手边的资料。

"那么，你感觉如何？你见过北条吗？他跟你在车站和停车场看到的人——"

一美不耐烦地打断千佳子的话："现在怎么知道？不是才刚刚开始吗？还得看看其他人呢。"

"也是。"

一美从椅背上直起身子,凑近千佳子说:"这人真是我爸爸的网友吗,没搞错吧?"

千佳子看向侦讯室,武上正用食指揉着人中部位,而北条在笑,不知是为了什么事情。

"不会有错的。"

"还有两个人吗?总共是三个人?"

"你父亲在网上熟识的网友可能还不止这几个呢。"

一美靠回椅子上,一只手托腮,道:"不过,这些网友并不都可疑啊,只有和我爸爸玩家庭游戏的那些人才可疑吧?"

"是吗?"

"其实也无所谓,"一美赌气般地说道,"我想知道到底是哪些家伙在跟爸爸玩过家家的游戏。最想知道的当然是'kazumi'是谁。石津女士,换作你是我,肯定也会这么想的,对吧?"

千佳子没有立刻回答,一美便向坐在门口的渊上警官发问。

"渊上小姐,你呢?当女儿的发现父亲在外面与一群不认识的人兴高采烈地玩家庭游戏,你能接受吗?而且其中一个还和自己的女儿名字一样,任谁都想知道这些家伙到底是什么人吧?"

渊上警官微微一笑,似乎思考了片刻,然后回答道:"嗯,确实如此,我很能理解一美小姐的愤怒。"

一美急忙辩解:"我也没有生多大的气。"

"真的吗?"

"当然啊。"

一美说完就很快低下头,拿起放在膝盖上的手机摆弄起来。

千佳子对渊上警官使了个眼色，然后催促一美。

"好了，请你认真观察侦讯室那边的情况。"

武上用指尖托了托老花眼镜的边缘。

"最初你和所田先生是怎么认识的？"

北条稔无辜地瞪大双眼，说："当初我不知道他是所田先生。"

"他一开始就用'爸爸'这个昵称了么？"

"嗯，你想问这方面问题的话，应该先去问 kazumi。"

"kazumi？就是昵称叫 kazumi 的那位网友吗？"

"不然还会是谁？"

"所田先生有个女儿也叫一样的名字，写成汉字是'一美'，读作 kazumi。"

"啊？不会吧？"稔听了猛地靠到椅背上。

"你不知道吗？"

"完全不知道，我不是说了吗，我们没有打听过对方的私生活。"

"确实，从所田先生笔记本电脑里的内容来看，你们的对话有种……怎么讲呢，说起来可能不太客气，但给人逢场作戏的印象。"

稔突然探身向前，拖动椅子发出噪声。

"所田先生留下了之前的记录？他没有删除吗？"

武上对他点点头，说："留下了很多资料。"

"从什么时候开始的？留下了多少？"

武上没有回答。

"他该不会是不知道怎么删除吧？"稔抢先开口发牢骚，"他看起来好像很懂电脑，其实我觉得他并不怎么了解。"

"可是，据说他在公司也一直使用电脑。"

"商务用电脑和个人电脑用起来完全不一样。在公司，电脑的系统设定和管理都由专业人员或者相关负责人帮忙处理，个人电脑就得全靠自己。"

稔一边说着，一边探头试图偷瞄武上手边的资料。

"我以前发给他的邮件什么的，全部都留下来了？"

"看样子是。"武上把手从资料上移开，"不过这上面没有这些内容，偷看也没用。"

稔显得一脸郁闷。"可是我担心啊。"

"为什么？"

"邮件也算是私人信件吧，我不想让警察看到我发给所田先生的邮件。"

"不好意思，但这就是我们的工作。"

稔开始不安地拉扯T恤的袖子，圆领部分被拽了下来，露出了锁骨。

"你们也叫 kazumi 过来了吗？"

武上没有回答。

"你们找她了吧？没找才怪呢，因为她可是第一个啊。"

"你的意思是，她是第一个认识所田先生的吗？"

"是啊，别装傻了，你们早就知道了吧？一开始所田先生几乎只和她一个人交流，大概在半年——不，更早以前。"

武上用手指挠了挠太阳穴，停顿了一会儿才说道："的确，与其他两个人比起来，你与'爸爸'之间往来的邮件不算多。不过，光凭这一点，我们无法了解'虚拟家庭'的具体情况，更重要的是，无从得知你们最初相识的经过。"

稔不再拉扯T恤，转而开始整理起头发了。

"相识的经过吗……"

他看上去像在思考，其实早走神了。武上沉默不语，德永轻咳一声，稔就像有水滴滴到脸上一样使劲儿地眨巴了几下眼睛，看着武上。

"可是，刑警先生啊……"

"嗯？"

"我还是觉得很奇怪，这些事情和案件有关系吗？不是已经有嫌疑人了吗？这案子与俺和kazumi都没有关系吧。"

他的自称方式突然从"我"变成了"俺"①。

"也和'妈妈'无关吗？"德永向前探出身子问道。

稔被吓了一跳，愣了一会儿才说道："怎么搞的，那边的刑警先生不是负责记录的吗？不要突然开口说话，吓死我了。"

"抱歉。"

"搞什么嘛！"稔不屑地说道，他手忙脚乱地试图站起来，"俺觉得越来越不对劲了，本来就不该来的，因为上门的那位警察先生看起来人还挺好的，就被他骗来了。现在想起来，一开始就有问题，不是吗？刑警先生，你们到底是怎么查到俺就是

---

①原文分别为"僕"和"俺"，都是日本男性的自称方式，后者更随意和粗鲁。

'minoru'的？"

武上努力做出一副意味深长的表情。

"从邮件地址吗？可是除非碰到重大事件，否则网络服务商是绝不会透露用户身份资料的。怎么可能警察随便问几句，他们就轻易告诉你啊。如果没有搜查令的话——"

"你知道得很清楚嘛。"

虽然是自己说出来的，但稔却显得更加惊慌失措了。"什么？难道真的有搜查令？然后还调查了我们的底细？"

他两手撑着桌子站起身来，大声吼道："我绝对没有杀所田先生，没有任何嫌疑！"

所田一美向前俯下身子，一只手按着单面透视镜的镜面，目不转睛地盯着北条稔。她的手上用了很大的力气，手背上的血管都一根根凸起。

千佳子轻声提醒道："一美小姐，请稍微离远一些。"

一美一动不动，不耐烦地问道："什么？"

"万一镜子裂开就危险了，把手松开吧。"

一美听了，这才回过神来，起身放开手，在镜面上留下了一个淡淡的掌印，恰好在北条稔的脸部附近。

"怎么样？有想起些什么来吗？"

一美欲言又止，与其说是在组织语言，倒更像是迷失了方向。她的脸颊抽动了几下，终于吐出了一句话："我不知道。"

"他跟在我家门前打转的那个人……好像有点像。"

"你看到你父亲和陌生人亲密交谈的场面一共有三次吧,分别是什么时候?一次是在家门前,还有两次,是在车站月台和超市的停车场,对不对?"

"嗯?哦,对,是啊。"

"你看到你父亲坐在驾驶席上,隔着车窗与某人交谈,还是他们的位置是相反的?"

千佳子翻开手边的文件夹。一美将椅子挪近,试图看里面的内容。

"坐在驾驶席上的应该是你父亲,你只看到了和他对话的那个人的背影,因此无法判断性别,只能确定对方不是老年人。"

"那人穿的,可能是牛仔裤,"一美喃喃自语,之后突然急切地问道,"我之前是不是这么说的?这里面有写吗?"

"没有,关于服装……你只提到看上去像是黑色的外衣。"

"能不能让我看看这份文件?"

一美性急地伸出手,千佳子却不动声色地移开了文件夹。

"抱歉,这是搜查资料,不能让你看。而且,一美小姐,就算记不清或是搞错了,你也不必过于在意,这是很常见的事。"

"这……我知道。"

一美转过头,焦虑不安地重新看向侦讯室。

"但万一我弄错了,情况不是会变得很糟吗?"

"没关系,我们不会光凭你的证词就逮捕某人的,没有人要求你一个人背负如此重大的责任,所以请你放心吧。"

侦讯室里传来武上让警员倒茶的声音,可能是北条稔情绪激动地大声吼叫,武上想让他喘口气歇一歇。他劝北条稔喝茶,并且自己先喝了一口。德永朝单面透视镜的方向望了一眼，不过似乎只是随意一瞥，很快又移开了视线。

"我……弄不清楚。"一美喃喃道，"到了紧要关头，我却突然没了自信。"

"目击证人都会遇到这种情况，这确实很难。"

"我觉得看到爸爸和陌生人在一起可能本身就是我的错觉。因为我没有马上想起来，是刑警一再问我：'你爸爸有没有什么不寻常的举动？'我这才想到的。要是对方没有问，说不定我根本不会想起来。"

千佳子轻轻拍了拍一美的肩膀，安慰道："其实，警方有人跟你有同样的想法。"

"什么？"

"我们担心你之所以会怀疑有跟踪狂，并为此饱受困扰，后来又说看到过父亲和陌生人在一起，都是因为警方过度追问你和你母亲的缘故。正如你刚才所说，警方反复询问你们'有没有想起什么、有没有想起什么'，你才会说出这样的证词。"

一美的肩膀放松下来。"真的？"

"是的，因此这次我们让你来指认嫌疑人也遭到了很多人的反对，说我们给你的压力太大了。"

"是吗？"一美向渊上警官确认道，女警官点了点头。

"所以如果你不愿意继续的话，我们就不会进行这次侦讯，哪怕现在你觉得不舒服、进行不下去了，我们也可以随时中止，你觉得如何？"

一美的眼神第一次有些游移，她似乎在向自己的内心寻求答案。

千佳子将手按在一美椅子的靠背上，渊上警官也准备起身。但一美摇了摇头，仿佛是为了驱散心中的犹豫。

"不，我要留在这里。"

"不要紧吗？"

"没事的，我要为自己说过的话负责啊。"

"不用逞强哦。"

"我才没有逞强。"一美有些生气地抬起头说，"真的没问题啦。"

千佳子微笑道："好的，那我们就继续吧，正好对面的休息时间也结束了。"

武上正拿着手绢擦老花镜，北条稔已经乖乖地坐回到椅子里了。

"对了，石津女士，"一美问道，"ｋａｚｕｍｉ也来这里了吧？你们什么时候叫她进来？"

"这要看武上先生了。"

"希望快些叫她进来，"一美对着单面透视镜自言自语，"我想早点看到她。请用麦克风告诉那位刑警先生好吗？"

发信人：minoru

收信人：kazumi

主题：不要再装乖了！

好孩子kazumi，乖宝宝kazumi，烦不烦啊，你到底是什么人？

发信人：妈妈

收信人：爸爸

主题：谢谢你！

谢谢你今天早上的邮件！托你的福，我今天一天都过得很好。

不知不觉中，我们真的变得像一家人一样了呢。我觉得很不可思议，但也很开心。虽然我知道在网上交朋友很有趣，但从没想过我还能在网上拥有家人。对了，刚才kazumi给我发了邮件，我们转到聊天室聊了一会儿，她好像和minoru吵架了。我想，解决他们姐弟之间的矛盾也是父母的责任，所以安慰了她，希望爸爸也能听听他们双方的说法。

今天工作辛苦了，明天再聊。

第八章

武上把老花镜推回到鼻梁上，开始发问。

"你们不光在网上关系亲密，实际上还见过面，是吧？这种聚会是不是叫作'网友见面会'？"

北条稔没有立刻回答，之前他大声吼叫抗议，然后被安抚，如今他正谨慎地观察武上的态度与神色。最终他盯着桌子问道："刑警先生，你上网吗？"

"我有电子邮箱，不过对网络不太熟悉。"

"是吗？听起来也像是临时补充的知识。"

"'网友见面会'这个说法不对吗？"

"没错。是啊，我们确实见过面，四个人一起召开家庭会议。"

"这是什么时候的事？"

"四月初，三号或者四号吧。总之是四月的第一个星期六。"

"星期六是四月三日。你们见面三周后所田先生就被杀了，你一定很惊讶吧？"

稔做出"嘿"的口型，但最终只吐出一个"嗯"字。"我当然吓坏了，刑警先生。或许你在期待我有别的回答，但是我跟这件案子没有任何关系，我被吓到了，差点儿被吓死了。"

他试图用戏谑的语气来回答，却仍然小心翼翼地抬眼窥视武上的表情。

"网友见面会的事,也是你们从所田先生的电脑里发现的吧?"

武上没有回答,一边翻着手边的资料一边继续问道:"既然你们见过面,那么把 kazumi 小姐叫来这里应该没关系吧?"

"到这里来?和我一起吗?"

"不方便吗?"

"倒不是不方便……"

"你刚才说,关于你们组成'家庭'的经过,问 kazumi 小姐比较快,只是我们担心她一个人会觉得孤单。"

"你们还真是体贴啊。"

"毕竟你们年纪还轻嘛。"武上回答道,故意露出了诡异的笑容。

德永拿起内线电话与警员联络,很快就响起了敲门声。引路的警官扛着一把折叠椅率先走了进来,并将椅子放到稔的座位旁。稔将椅子随身体一起移动,挪出一块空地。

"请进来坐下吧。"

一名年轻的女性怯生生地应声走了进来,脚上的高跟系带凉鞋踩在地板上,发出重重的声响。

武上瞪大了眼睛,眼前的这个年轻女子,长得太像所田一美了。不,严格说来,五官和体型都不相同,仔细一看就会发现不是一个人,但是气质极其相似。那身完美展现身材曲线的衣着,化得很漂亮但在武上看来有些过了头的妆容(尤其是考虑到对方只有十七岁),长及肩膀的亮栗色头发,就连垂到胸前的项链都几乎一模一样。当然,可能就是同款项链,大概是时下流行的吧。他还闻到了浓重的香水味。

武上只说了一句"坐下吧",就急忙转过头打了个喷嚏。

北条稔一脸讥讽地笑道:"你香水喷得太多了。"

年轻女子并没有以笑容回应,她像手持盾牌似的将一个黑色的尼龙小包紧紧地抱在胸前,仍然呆立在原地。

"你是加原律子小姐吧?"武上温和地说,"辛苦了,先坐下吧,不用这么害怕,没事的。"

他的语气听起来有些可笑,一旁的德永偷偷地笑了笑。

加原律子紧绷的眼角略微放松下来。"各位好——"她用微弱的声音说了一句不和时宜但十分恭敬的问候语,终于坐了下来。

武上先做了自我介绍,接着以"我想相关人员应该已经对你说明了"作为开场白,简单解释了叫她来这里的用意。律子把小包放在膝盖上,心神不宁地拨弄着手指,然后她突然开口了,似乎为了引开武上所说的话题。

"我听说了所田先生遇害的事,感到非常难过,但是我真的什么都不知道。"

她急促而又微弱的话语与成熟时尚的穿着显得很不搭调。

"被警察传唤让我觉得很不舒服……我们并没做坏事。"

她一边说话,一边不停地摆弄手指,仿佛想把自己刚说出口的话像纸巾一样揉成一团藏起来。

"不好意思,要你向学校请了假。"武上客气地说,"我们希望尽早听取你们陈述的情况,但如果放在这周末的话,还有一位实在无法配合。"

"还有一位?"两人异口同声地问道,接下来各自的反应却大相径庭。

"你是说'妈妈'吗？"

"那女人也来了？"

"那女人……"武上重复了一遍，加原律子用责备的目光飞快地看了稔一眼，稔撇着嘴角，露出明显不快的表情。

"少在那里装好人了，你不也讨厌那女人吗？"

律子一惊，有些愣住了。

"你不是也怀疑她，还给她发了邮件？结果那女人来找我哭诉，烦死了。"

"你在说什么？"律子拼命眨巴着眼睛，涂着鲜艳的蓝色眼影的眼皮不停地颤抖着。

稔扬起嘴角，露出恶意的笑容，说道："你不是还问那女人'所田先生是不是你杀的'吗？"

（是不是你杀的？）

加原律子尖叫起来。"不，不是这样的！"

所田一美猛地倾身向前，她的动作太大，带动了椅子。千佳子反应很快地用手按住她的椅背。

一美一惊。

"啊，抱歉。是不是不能发出声音？"

"不，没关系。一点响声，对面是听不见的。"

"那就好。"

她撩开挡住眼睛的头发，歪头道："那人就是 kazumi？"

"应该是吧。"

"跟本名完全没关系，为什么要取 kazumi 这样的网名？"

"耐心等他们问出这些疑点吧。"

侦讯室里，武上正在安抚胡乱挥手、情绪激动的律子。律子不停地闹着要回家，稔不屑地径自伸直双腿，用尖锐的眼神朝单面透视镜斜睨了一眼。目光在一瞬间与千佳子的视线碰上，但随即又别开了。

"讨人厌的家伙。"一美低声说，这充满怨恨的声音不知是从这女孩儿体内的哪个角落发出来的。

武上花了一番工夫才让律子坐回到椅子上。她用手在脸上擦拭着，眼角似乎有泪光闪烁。

"不会吧，还哭了。"一美不客气地说，"她以为这样哭哭啼啼的，所有的老头子就都会被她牵着鼻子走吗？白痴的老头子们还真会上钩。"

"这种事在侦讯室里是不会发生的。"渊上温和地说，但是一美没听进去。

"谁知道呢，警察不都是一群老头子嘛，说不定最吃这一套了。"

"唔，怎么说呢？不过我想武上先生不会的。"

"为什么？"一美目光锐利地看了千佳子一眼。

"他有个女儿，听说是大学生，所以他应该清楚女孩子的这种小花招。"

"怎么可能清楚？！自己女儿的事他未必最清楚。"

千佳子沉默不语。侦讯室那头，武上终于开始确认加原律子的姓名、住址、学校等身份信息了。

一美始终凝视着单面透视镜，观察那边的动向，这时她突然像回过神来似的拿起手机，按动起来。

千佳子看了一眼渊上警官，年轻的女警官也看了看她。

"虽然有些混乱，"武上咳了一声继续说道，"不过不好意思，能不能请你先冷静下来？大概是这个房间的问题吧。这里确实是侦讯室，但并不意味着你们会被当做嫌疑人看待，我们只是为了找出杀害所田先生的凶手，才希望从他生前熟悉的亲友那里尽可能多地了解情况。"

北条稔赌气似的跷起二郎腿，脚尖晃来晃去。加原律子已经擦干了眼泪，表情僵硬，并用手紧紧抓住膝上的小包。

"那么，加原小姐。"

听武上叫到自己，加原律子更加用力地攥紧手中的小包，手指上浮现出发白的关节。

"听北条说，最初是你先在网上与所田先生熟悉起来的……是这样的吗？"

律子用责备的目光斜睨了稔一眼，随后轻轻地点了点头。

"你是在什么时候、怎样的情况下跟他熟悉起来的呢？你开始上网应该没多久吧？"

武上一言不发地静待她的回答，然而律子始终闭紧嘴巴。正当武上准备再重复一遍问题的时候，她开口了。

"大概是一年前……我有了电脑。"

"你父母给你买的？"

律子摇了摇头，栗色的秀发随之甩动。"其实不是买给我的，是我母亲要买的。"

"哦，你母亲很懂电脑吗？"

"一点儿都不会。"她若无其事地说，"她可能只是想炫耀，装作自己很会上网吧。她就是这样的人，任何事都要抢在别人之前，否则不甘心。"

"不过，一年前才开始上网，应该算晚了吧？"

"是啊，我母亲有个朋友自己做了一个关于园艺的网站，她想挑战那个人。很幼稚，对吧？不过她只试了一阵子，就发现制作、维护网站实在太难了，于是很快不玩了。"

"所以这台电脑就归你了？"

她点了点头。"因为朋友跟我说上网很有意思。"

"怎么做才有意思呢？"

"什么怎么做？"

"你该不会只查了些感兴趣的东西吧？"

"不，我没有想那么多，我逛了很多网站……感觉就像随便翻杂志那样，但是跟杂志不一样，网站是在不断变动的，所以很有意思。上面不仅有文字，还可以和人互动交流。不过我在留言板和聊天室一直是 ROM 状态。"

"ROM？"

稔哼了一声道："Read Only Member，只浏览不参与的意思。"

"原来如此。的确像在翻杂志一样。"武上点头道,"你有手机吧?"

律子答了一声"有",然后警惕地看了他一眼,反问:"为什么要问这个?"

"没什么,可能是我太古板了吧。我不太理解女孩子为什么喜欢用电脑,如果要通过收发电子邮件或者聊天来交朋友的话,手机就够用了。"

律子终于露出了笑容,好像在说"原来是要问这个"。"因为手机用多了太花钱,用电脑的话,上网费用都是父母付,因为电脑放在家里啊。"

"你父母对你的零花钱控制得很严吗?"

"他们很啰唆,非常啰唆,而且很小气。"

加原律子的父亲是公司职员,母亲是家庭主妇,她没有兄弟姐妹,是独生女。武上原以为父母对独生女花钱会很纵容,没想到恰好相反。

"小气?你要用零花钱买衣服或首饰会很难吗?"

"这倒不要紧,和母亲一起去买东西的时候,大部分东西她都会给我买。"

"嘀,很大方嘛。"

"因为她自己也爱买东西,不好不让我买吧。更何况我们的衣服是共用的。"

"你母亲和你共用?"

"是啊。我母亲经常出去玩,所以要花钱打扮。"

"你现在穿的,也是母亲给你买的?"

律子扫了一眼自己身上的装扮。

"是的,只有项链除外。"

她说的是那条与所田一美戴的非常相似的项链。

"这条项链,是现在流行的款式吗?"

"这个?"律子抓起项链晃了一下,"流行吗?我不知道,在百货公司看到时觉得喜欢就买了。"

"原来如此……"武上说着,将双手合拢,放在面前。

"回到刚才的话题,你一直只浏览不留言,那么后来是什么契机,让你开始留言了呢?"

不知为何,律子向稔投去了询问的眼神,不知她想问什么。不过稔压根没有注意律子,只顾看着自己的脚尖。

"是电影吧……"律子说。

"电影?"

"嗯,我逛到了一个影迷论坛,那里的气氛很不错,大家的关系很好……所以我就在上面写了些话,说我也挺喜欢看电影的。"

"是什么时候的事?"

"大概是我开始玩电脑两个月之后……"

"那就是去年六月左右,距离现在十个月之前的事?"

"好像是……"

律子的语气有些含糊,听起来没什么自信。随后她又看向稔试图确认,这次稔注意到了。

"北条有什么问题吗?"武上立刻问道。

"啊?不,没有,刑警先生,为什么问这个?"

"因为你从刚才开始就一直在看他,"武上温和地笑道,"是有什么事要问他吗?"

"才不是。"稔不屑道,将下巴朝律子的方向抬了一下,"这家伙就是这种德性,磨磨蹭蹭、拖泥带水的,什么事都要依赖别人。"

"可是……"律子一下子变得垂头丧气的,又摆弄起了腿上的小包。

北条稔一脸厌恶地看着她,故意长叹一口气,又转向武上道:"那是个影迷网站,叫'电影乐园'。站长不是影视界的业内人士,倒像是经常参加试映会的资深影迷。广播和电视节目里不是经常会有试映会的通知吗,比如那种抽选一百名观众的活动。"

"嗯,的确,出租车上也会放报名抽选的明信片。"

"是啊,那个站长特别喜欢报名参加试映会,还经常被抽中,好像有什么特别的技巧。他会把看完新片的感想发布到这个网站上,还有试映会现场的情况什么的。虽然写得不怎么样,不过更新得勤,所以来浏览和留言的网友很多。"

"原来是这样。"

"聚集在这个网站上的网友并不是那些喜欢大谈电影理论的狂热影迷,只是随便写些观后感,因此可以很轻松地交流。"

北条稔靠到椅背上,重新跷起腿。

"那时我也经常上去逛逛,所以知道这家伙和所田先生——那个'爸爸'认识的经过。不过刑警先生,你应该更希望听她本人说吧?说一件事总要有个先后顺序。"

"不错,那么你愿意告诉我吗?"武上温和地问律子,"刚才北条说,你是在'电影乐园'这个网站上认识所田先生的,对吗?"

"是的……"

"别装得像个千金小姐似的,磨磨蹭蹭!"稔骂道,并粗鲁地用胳膊肘顶了律子一下。律子膝盖上的小包滚落到地上,她慌慌张张地伸手去捡。

"我才没有装。"她的声音越来越小,"可是,如果实话实说,我怕刑警先生会吓到,觉得我们很奇怪。"

"我们很少大惊小怪的,也不会随便指责别人。"武上平和地说。他看到律子有些不安,便刻意将身子转向德永的方向,问道:"没错吧?"

"基本上是吧。"德永答道。

"自我意识过剩的大小姐。"稔用朗诵般的语气小声地讥讽她。

"好了,不要说得这么难听,"武上试图解围,"加原小姐也不容易。"

律子似乎终于放下心来,把手从小包上拿开,重新坐正,并把椅子拉近桌子。她与武上之间的距离一下子缩短了二十多公分。

"刑警先生,你看过《发箍之爱》[①]这部电影吗?"

武上说他没有看过,并补充道:"我几乎不去电影院看电影。"

"我也是,这部片子是在电视上看到的,在BS[②]上。这是一部中国电影,只在一家电影院上映过,所以几乎没什么人知道。

[①] 作者在访谈中透露,这部电影实际上并不存在,是她虚构的,灵感来自于张艺谋电影《我的父亲母亲》。
[②] 日本的一家广播卫星电视公司,成立于一九九八年,是日本最早实行二十四小时播出节目的民营电视台。

不过，这部电影的导演之后拍摄的一部作品获得了日本电影学院奖提名，所以电视台播放了他以前的作品。"

"听这名字，是一部爱情片吧？"

"有一部分感情戏，但它是以家庭为主题的电影。主人公是一个住在上海的年轻女孩儿，她男友的母亲过世了，留下了一个发箍给她。这位母亲原本非常反对儿子与女主角结婚，但不知为何，她把自己年轻时珍藏的发箍留给了她。这发箍好像是有着深刻回忆的纪念品。女主角觉得很不可思议，就和男友一起调查他母亲的过去，发现男友其实不是他母亲亲生的，于是他们开始寻找男友的生母。"

"听起来很有趣啊。"

"后来他们发现那个发箍属于主人公男友的生母，还发生了许多其他的事，最后揭晓谜底，他们终于知道男友过世的养母为何当初要反对两人结婚。"

律子流利地讲完剧情后，停顿了一会儿，用指尖按着嘴唇。她那修剪得很漂亮的指甲上涂着淡粉色的指甲油。

"这是我第一次看中国电影，让我非常感动。怎么说呢？可能是想到了自己的父母吧。原来爸爸妈妈也有年轻的时候，子女们了解到了他们年轻时的往事，我觉得非常棒。我以前从来没想过这种事，没想过自己出生前的事，也没想过爸妈结婚前的人生。"

"你不是常和母亲一起逛街买东西吗，没有聊过这些吗？"

律子用力摇头。"从来没有聊过这种事，我们就不会一本正经地谈心。"

由此开始，律子说得越来越多。

"我家一直是这样子的,三个人虽然住在一起,但是互不干涉。爸爸很忙,几乎很少在家,妈妈只顾自己的事,光会说一些穿着打扮或明星之类的无聊话题。就算我想找她商量重要的事,也没什么用。考高中的时候就是这样,我是推荐入学的,我妈把这件事全推给了老师,她的态度是'老师让我进哪所高中就照做好了'。

"孩子有什么烦恼,和朋友之间有什么不愉快,这种时候不是都会找妈妈商量吗?但她从来没有认真倾听过我的烦恼,只会一脸不耐烦的样子。我用零花钱她每次都很啰唆,就是纯粹不让我花家里的钱。有时候我收到朋友的礼物,不管多贵的东西,只要我说不是买的是别人送的,她就不会说什么。所以我在家里一直觉得很孤独,不过不光我,爸爸也很孤独,妈妈也是。"

"你父母感情好吗?"

"他们不会吵架,因为互不关心啊。所以看了《发箍之爱》之后我就在想,爸妈以前也经历过热恋时期吧?那时他们是怎么相处的?他们现在不关心我,可当我还是婴儿的时候,他们是怎么对我的呢?对我来说,这个家到底算什么?对父母来说,我又算什么?"

她说自己将这些感想写在"电影乐园"网站的留言板上,立刻收到了好几位网友的回复。

"说出自己的想法,并且得到很多回应,我第一次知道这是件多么快乐的事。而且他们的回复并不是'哎呀,照你自己喜欢的去做'这种敷衍的话,对于我认真写下的感想,他们都能理解并给出真诚的回应,这种感觉很好。"

律子的眼睛闪闪发光。

"后来我还在留言板上写下父母不关心我,我很孤独等,这些以前从来没对别人说过的话。也有好多人给我提了建议,他们推荐我看一些片子,还鼓励我振作起来,我真的很开心……"

律子的表情终于明朗起来。

"你在这个网站上,一开始就用'kazumi'这个网名吗?"

"嗯,是啊。"

"为什么要用这个名字呢?作为网名,不是显得很普通吗?"

"这是我童年时一个好朋友的名字,她叫和美,和平的和,美丽的美。小学四年级的时候,她转学到大阪去了。"

"你很想念她,所以才用这个名字的吗?"

"唔……"律子考虑了一会儿,才回答道,"不是……我是羡慕她。从小我就希望自己能变成和美,她是个很好的女孩儿,温柔可爱,活泼聪明,大家都很喜欢她。我去她家玩的时候,她妈妈也对我很好。"

稔哼了一声,讥讽道:"看吧,这人总是这样,说的像少女漫画一样。"

武上继续问道:"那么,叫'kazumi'这个网名没有其他更深层次的含义了?"

"完全没有啊。"

"所田先生的女儿名叫一美,你跟她同名是纯属巧合吗?"

律子瞪大了双眼,重重点头。"确实是巧合,很不可思议,对吧?不过这个巧合就是我们认识的契机。"

后来，律子便以"kazumi"这个身份在"电影乐园"网站的留言板和聊天室里倾诉自己的心里话。她说自己没有自信，校园生活很没意思，朋友都只是泛泛之交，没有知心好友，也没有男朋友，担心一直这样下去的话会影响自己的前途，害怕就这样虚度人生。

她还说自己内心如此不安却找不到可以谈心的对象，与父母的关系越来越疏远，父亲一点都不关心家庭，母亲也很冷漠。母亲把自己当成朋友来对待，因为这样比较轻松，容易应付。父母绝不会真正地关心他人，不管对谁都一样。

"我说我一直觉得自己无家可归，结果有很多人来安慰我、劝导我，还给了我不少建议。"

"爸爸"就是其中之一。

"他在开头这样写道——kazumi，我是爸爸……"

律子的眼睛顿时湿润了。

"我最近才知道你常来这个网站，读了你的留言我很惊讶，爸爸完全不了解你，因此才让你觉得这么孤独，很抱歉。"

她说话时尾音微微颤抖，感动的神情像演戏一般夸张。

"他给我写了这些话，我……我高兴得差点儿哭了出来。"

武上鼓起半边腮帮，道："这事就让你那么激动吗？可是，为什么呢？你当时认为这个人就是你现实中的父亲吗？"

律子哈哈大笑起来，一边摇头一边道："怎么可能？我从来没有想过这种事。"

"一点都没怀疑过？"

"完全没有，在网上怎么可能发生这样的事。"

"是这样吗？"武上问北条稔，"父母与子女在网上巧遇，也不是完全没有可能啊。"

稔一脸不屑地说："如果事先不知道对方的网名，就算遇到了也认不出来的。"

"不过他当时自称'我是爸爸'啊。"

"自称谁不会？事实上，这个'爸爸'可是所田先生。"

没错，实际上的确如此，但是武上仍有疑问，难道律子就一点都没想过"说不定真是自己的亲生父亲写下了那些话"吗？也就是说，她完全抛开了这种可能性，却又被这件事本身深深打动了？

"刑警先生无法理解也很正常，在网络上，如果有人自称'我就是大家讨论的那个人'，大部分都是骗人的，这是常识。"

"没错没错，就是这样。"律子笑着继续说道，"所以，这个自称'爸爸'的人现身给我留言后，在留言板上引起了很大的反响呢。有人很生气，让这个'爸爸'不要戏弄 kazumi，也有爱管闲事的人对我说'不要把这种事当真'、'别玩过家家了'。"

武上平静地反问："但你没有接受这些忠告……"

律子爽快地承认了。"是的，一句都没听进去。"

"那你是怎么回复'爸爸'的？"德永插嘴道，显得颇有兴趣。

"我说'很高兴爸爸能理解我，以后我也会对爸爸敞开心扉，成为爸爸心目中最乖的女儿。'"

律子流利地说出这些话，听着她自我陶醉的语气，稔越来越不耐烦地频频皱眉，德永则在一旁饶有兴趣地观察对比着两人的表情。

"后来你们就成了父女？"德永问道。

"是啊，很棒吧？"

"你不觉得现实中不可能有这样的父女关系吗？"

"干吗要在意这个，就算现实中没有，对我来说这是很美好的事，有什么不可以？"

"但是看你刚才一直很害怕的样子，还让我们不要误会呢。"

律子顿时语塞，她严厉地瞪了德永一眼，说："我只是担心你们想歪了。"

"是这样吗？"

"没错，还有，你不是负责记录的吗？不要说个不停了，闭嘴可以吗？"

德永口中念叨"好吧好吧，抱歉"，露出苦笑。

武上取下老花镜，镜片上并没有起雾，但他仍仔细擦了擦，又重新戴上。

"'电影乐园'网站上的那些网友看到你们没有接受忠告，一定很不高兴吧？"武上问道。

"说闲话的人有很多很多，不过，这些都不重要。"

"原来如此。"

"'爸爸'和'kazumi'就是父女，我在网上找到了爸爸，他就是我一直想要的那种父亲。其他无关的人没有资格对此说三道四。"

能够倾听自己的烦恼，态度认真地与自己谈心，通情达理而又温柔体贴，把女儿的事放在第一位，又能说出动听的话语，这就是她要找的"爸爸"。

然而,这个"爸爸"其实也是与她无关的人。

"所以,我回复他们说,别再管我们的事了,后来大家就不说什么了。"

"大家都觉得这两个人脑子有问题,"稔用拇指朝律子的方向晃了晃,"他们爱玩过家家的游戏,就随他们去了。"

突然,律子换上了与之前完全不同的笑容,显出一副似笑非笑、恶作剧般的神情。她窥视着稔的脸色,说道:"是啊,其他人是这么想的,不过你和他们不一样,是吧?"

稔哼了一声,撇着嘴,伸展两条长腿。但在他开口前,律子却抢先对武上说:"在我和'爸爸'成为关系很好的父女不到半个月后,这个网名叫'minoru'的人就自称是我的弟弟。"

第九章

现场一下子安静下来。

"我只是想耍你们玩而已。"稔耸耸瘦弱的肩膀,环抱着双臂,频频抖腿,"这两个人老是黏在一起玩假装父女的游戏,净说些肉麻兮兮的话,我就是想逗逗他们。"

律子笑了。"别骗人了,你那是因为羡慕我们吧?"

"谁会羡慕你们啊?"

稔作势要站起来,武上立刻伸手阻止他。

"请不要大声吼叫。"

稔看了看武上的手,又看了看他的脸,似乎迅速冷静了下来,坐回椅子里。"抱歉。"

"不用道歉,只要你能平心静气地说话就可以了,加原小姐也是。"

律子收起笑容。她站起身来,刻意挪动椅子,坐得离稔远了一些。

"你自己想出了弟弟'minoru'这个网名,这是事实吗?"

面对武上的问题,稔隔了一会儿才点了点头。

"随后就在'电影乐园'网站上使用吗?"

"是的。"

"在留言板上?"

"嗯。"

"写了些什么？"

律子想要开口，这次武上作出了制止她的手势。稔那光溜溜的额头上不可思议地出现了几道皱纹，他盯着桌子看了一会儿。

"他们去看了电影首映，"他低声说道，"他们两个人一起去看的。"

"你是说'kazumi'和'爸爸'吗？"

"嗯，是哪部电影来着？好像是罗伯特·德尼罗的新片吧？我不太记得了，片名也想不起来。"

"没关系，然后呢？"

稔耸耸肩。"我记得我好像写了：'父女俩感情那么好，不过你们还有别的家人呢，忘了我这个弟弟了吗？'"

"'kazumi'和'爸爸'有什么反应？"

"他们说：'哎呀，minoru你来啦。'"

"我写：'我们邀请你一起去看，可是你没来呀。''爸爸'还说：'原来minoru也来逛这个网站了啊。'然后我们三个人转移到聊天室里交流，还来了好多看热闹的网友。"律子说。

其他网友大概也对这个新来的"弟弟"很感兴趣吧。

武上问律子："他刚才所说的内容没错吧？"

"嗯，不过电影弄错了，我们看的不是德尼罗的新片，是凯文·史派西得奖的那部电影。"

德永说："是《美国丽人》吧？"

"不错，做记录的刑警先生也喜欢看电影吗？"

德永没有回答，只说："那是部关于家庭危机的电影。"

"'kazumi'和'爸爸'真的两个人一起去看了这部《美国丽人》吗？"武上问。

"当然没有啊，刑警先生，你还没反应过来吗？那时我还不知道'爸爸'是何方人士呢。"

"那么，你们怎么想到要编出一起去看电影这种话的呢？"

"怎么说呢，就是靠默契呀。那时，我记得是前一天吧，'爸爸'发邮件给我，说他去看了《美国丽人》，我还没看过这部片子，不过在杂志上看了剧情，所以就配合他谈这个话题。然后，'爸爸'就在'电影乐园'网站上写了这件事，说我和女儿都去看了这部电影，就这样。"律子嘴角微翘，露出得意的笑容，"这又不难。"

武上心想，的确不难，但难以理解。

"那么，看到自称是弟弟的人出现，你和'爸爸'也不觉得惊讶吗？"

"我有点被吓到，不过'爸爸'没有。"

"你怎么知道？"

"当时还不知道，后来在网友聚会时问了所田先生。"

"你们几个的'家庭会议'吧？"

"是的，所田先生说开始跟我玩假装父女的游戏后，说不定也会有人以家庭其他成员的身份加入，他觉得这样也很有意思，还说家人越多越好玩。"

律子看向北条稔。

"稔也在场，应该听到所田先生是怎么说的吧。难道你不记得了？"

稔没有回答，最后终于小声嘀咕道："我只想耍耍你们，没想到自己也被卷进这种麻烦事里，我真是笨蛋。"

"稔并不是笨蛋啊，"律子突然以很温柔的语气说道，"你只是太寂寞了。"

稔把头转开，发出"喊"的一声，武上都听到了，律子却仿佛充耳不闻，用一种夸张的感慨语气继续说道："我们每个人都很寂寞，在现实生活中，没有人能理解我们，我们也不了解真正的自己，所以感到孤独，渴望心灵的交流。因此你才会接近'爸爸'，希望他能给予你现实中的生父无法给你的东西，说什么想逗我们玩，只是逞强而已。"

北条稔抬起头来，转头直视律子，那对浅色的瞳孔在窗外阳光的照射下，闪现出光芒。

"我、最、讨、厌、你、这、种、想、法。"

他一字一字咬牙切齿地强调道。

"什么叫'真正的自己'，我上网可不是为了找这种东西的，别说梦话了，白痴。"

律子不为所动，脸上浮现出怜悯的神情。

"我不讨厌你这种爱逞强的个性，你若不逞强就没法忍受孤独，所以我们在网友聚会上见面后，明知道你和我年纪相同，我还是一直把你当成弟弟看待。"

"直到如今我依然这么认为。"她用夸张的动情语气喃喃自语道。

"好痛。"

所田一美突然叫了起来，接着查看自己的右手手指。

"指甲断了。"

千佳子拿过她的手,小指留长的指甲前端缺了一个角。她的指甲形状修剪得很漂亮,平时应该有涂指甲油的习惯,但今天没有,看上去显得很脆弱。

"这样子很危险,还是把指甲剪掉吧。"

渊上警官正要站起身来,一美却摇摇头。

"我不想剪,给我一块创可贴吧,贴起来就可以了。"

渊上警官迅速走出房间,千佳子看了看单面透视镜的另一头,"kazumi"和"minoru"还在争论,"minoru"滔滔不绝地说着什么,"kazumi"则露出像亲姐姐教训弟弟般的表情。

"我就是讨厌你这种以为自己什么都知道的态度。"

"是你不够坦诚。"

所田一美用折断指甲的小指抵住嘴唇,目不转睛地凝视两人。在千佳子看来,"kazumi"和"minoru"的眼神中能够反映出两人对话时的情绪,但一美则不同,她的瞳孔中只映射出镜面上的反光,她一直观察着在扮演姐弟的那两个人,眼神中不带任何情绪。

"怎么样?"千佳子轻声问道,"你看到他们的动作和表情,听到他们的声音,能不能想起些什么?根据你的回忆,有没有什么可疑的地方?"

一美没有看千佳子,低声自言自语,千佳子听不清她在说什么,于是凑近她问道:"什么?"

"很像,"一美小声说道,她用左手食指指着稔,"他很像我在超市停车场看到的那个人。"

千佳子翻阅手边的资料，说："一美小姐，你当时应该听不到他们的谈话内容吧，因为距离太远。"

"嗯，不过，我看到了那人说话时的手势和身体姿势。他刚才不是做了这个动作吗？"

一美用双手撑在桌面上，做出起身的动作。

"他刚才站起来，身体前倾，大声吼叫的时候。"

就是稔对武上大吼"我没有任何嫌疑"时的动作。

"当时我就觉得是这个人，他的动作和驾驶座上的人隔着车窗说话时的姿势很像吧？"

"是有些像。"

"我之前说是什么时候看到爸爸在超市停车场和别人说话的？"

一美又试图探头窥探千佳子手边的资料，千佳子不动声色地拿开了，她反问道："你很在意那个时间点吗？"

"因为这件事发生在他们的第一次网友聚会之前还是之后是问题的关键啊。"

"问题的……"

"没错啊，如果我目击到的情况发生在网友聚会之前，也就是他们确认彼此真实身份之前的话，那不就证明这个'minoru'在说谎吗？因为他显然在网友聚会前就认识我爸爸了。"

"嗯，没错，"千佳子点点头，"从这个意义上来说，你目击到你父亲和陌生人在一起的证词牵扯到了时间点的问题，这个确实如此。"

一美眉头紧锁。"那就赶快确认啊，不要那么悠闲。"

面对她不礼貌的语气，千佳子心平气和地安抚道："但是，一美小姐，你的证词中，三次目击事件都只记得当时的场景，对于时间点的记忆十分模糊。可能是由于我们问了太多情况，导致你记不清楚了吧。"

"我说过的，说了时间点。"

"'大概在近半年内'，你只说出了这个含糊的时间点。"

"我说得很详细！"

渊上警官回来了，将创可贴递给一美。一美的注意力则完全集中在与千佳子的争论中，她接过创可贴后只是紧捏在手里。

"一美小姐，"千佳子把手轻轻地放在她的肩膀上，"别想太多了，核实细节是我们警方的工作，你只要确认今天被传唤来的人是不是你之前见到的陌生人。观察加原小姐和北条的长相、听他们的声音，看看是否能想起些其他东西，这样就够了。"

一美别过肩膀，甩落千佳子的手，然后撕开创可贴，开始包扎自己断裂的指甲。

"对不起。"千佳子说，她不由自主地说出了道歉的话，但这是她此刻的真实心情。

"为什么要道歉？"

"我们不该勉强你做这种事。"

一美突然缩起身子，垂下双眼。"我会好好做的。"

"我知道你能做到，不过那会很痛苦，肯定很痛苦。"

单面透视镜另一头，加原律子完全无视将身子扭向一边生闷气的北条稔，她热情地比划着各种手势，对武上说道："可是刑警先生呀，人的内心世界是无法看到的，对吧？人与人面对面的时候，只能看到对方的脸，看到表象的东西。但是真正的心灵交流是能超越这些表象的。朋友也好，父母也罢，他们看到我在笑，就会认为我是感到开心而笑。但其实我只是隐藏起了真正的自我来配合大家——假装跟大家在想同一件事，假装跟大家有一样的感觉。没人察觉到我一直在勉强自己，也没人把我当个真正的人来看待，在他们眼中我只是外在的风景。但是在网络上，我却能够敞开心扉，让大家了解我真实的内心……"

武上把老花镜挂在鼻梁上，默默倾听她滔滔不绝的诉说。

"我也讨厌这种人。"一美说道。

"哪种人？"

一美指了指"kazumi"，说："动不动就说心灵交流、真正的自我什么的，我最讨厌这种人了。"

千佳子微微一笑，一美没有笑，不过她似乎把千佳子的笑容当作是对自己的认同，侧脸的线条看起来柔和了一些。

"那个'kazumi'和我爸爸是同一种人，所以那么合得来。她一定比我这个亲生女儿更贴心吧，我开始能理解他们的关系了。"

"可你不是一直很生气吗？气你爸爸在网络上和别人组成虚拟家庭。"

"谁碰到这种事都会生气的，不是吗？难道我不该生气？"

千佳子觉得这是她今天回答得最坦诚的一句话。

"我妈妈倒是没生气，她一直这样。我们刚知道爸爸在网上玩家庭游戏的事的时候,她就对我说:'你爸爸一定是因为太寂寞了,他是不是有很多话没法对我们讲呢?而我也不能替他分担。'"

作为女儿的一美把妈妈春惠的声调和语气都模仿得很像,连表情都一模一样。

"当时我心想:她是笨蛋吗?怎么那么喜欢做好人。我这种反应奇怪吗?石津女士,你会觉得我太冷血了吗?"

单面透视镜那一头的"kazumi"此刻正一边说话一边笑,而这一头的一美则用一种镜子般澄澈的目光注视着她,脸上没有一丝笑容。

"我早就知道,爸爸如果还活着的话,迟早会故意让妈妈和我发现他在玩家庭游戏的。他就是想表现出:'其实我在做这种事,那是因为我太孤独了,妻子和女儿都不关心我啊。'说什么网络、电子邮件,就算用了新工具,还不是他那套老把戏嘛。"

千佳子平静地问道:"怎么能把父亲的所作所为说成是'把戏'呢?"

一美毫不犹豫地回答:"本来就是啊,我想不知道也难。"

可是,一个十六岁的女孩子能明白这些事吗?

"他喜欢年轻女孩子,总是拈花惹草,归根到底都是一个原因:他如果不持续这种电视剧一样的生活,就会过不下去。不这样折腾,他就感受不到自己的存在。

"石津女士,我小时候爸爸还真是相当疼我,对我百般宠爱,把我当成宝贝。那时我也最喜欢爸爸,对他来说,我是最让他自豪的可爱女儿。很美好的关系,不是吗?但他爱的不是我这个女儿,仅仅是爱这种美妙的关系而已。当时我年纪还小,没有自己的想法，他当我是个可爱的洋娃娃，所以愿意为我付出全部的爱。

"我妈妈没跟你们说过吗？在我还是个可爱的小女孩时，爸爸花心的毛病好像有所收敛。妈妈应该察觉到了吧，但她还是那副样子，没有从中思考使得爸爸转变的原因。我也不明白爸爸到底是刻意选择了我妈妈这样的女人，还是妈妈本来是个老实但有自己想法的人，却被爸爸驯服成现在这样的。"

一美两眼望着天花板，烦躁地挥舞拳头。

"但我不一样，我长大了，当然会有自己的想法，不可能任由爸爸胡闹，什么事都按照他的想法来。但爸爸不喜欢我这样，他希望我一直像他可爱的宠物那样，服从他，变成他理想中的乖女儿。"

"所田良介先生想让你成为怎样的女儿呢？"

听到千佳子的问题，一美立刻伸手指向单面透视镜的对面，她所指的对象正是滔滔不绝地重复着同样内容的加原律子。

"就是那样的女儿，开口闭口就是要寻找真正的自我、渴望被爱、渴望被理解、渴望归属感什么的。一旦独处就会感觉非常不安，非要找个人来依赖不可。但是很遗憾，我不是这么软弱的人。我虽然是他的女儿，但不可能因此就变成他人生的装饰品，我绝不能忍受这种事！"

武上的麦克风里传来石津千佳子的声音："可以休息一会儿吗？一美小姐好像有些累了。"

武上轻抬手臂，制止了仍在说个不停的律子。

"你的想法我了解了,不过现在我们可以回到正题吗?"

"什么意思?"律子噘起嘴说,"我一直在谈正题啊,关于我们这些'家人'的关系——"

"我明白,我明白,总之,让我们先休息一下吧。警察局虽然是个死板的地方,不过咖啡什么的还是有的。你们渴了吧?"

一美没有接渊上警官递来的手帕,她在自己的小包里一阵乱翻,取出了纸巾。这是她来到这里后第一次落泪。

"对不起,我不该大吼大叫。"

"没关系,别在意。"

渊上警官看了一眼镜子那头。

"等那边的情况稳定下来,我去拿些饮料吧。想喝什么?我记得一美小姐喜欢无糖可乐?"

一美微微笑了笑。"警察局里也有这个吗?"

"至少自动售货机里是有的。"千佳子也笑着说。

渊上警官抓住时机走出了房间,这时一美已擦干了眼泪,眼影有些晕开,但她没有补妆。

"一美小姐,现在你对将来有没有什么具体的想法?"

"为什么要问这个?"

"没有什么特别的意思,我只是觉得你是个很有想法的女孩儿,应该认真考虑过了。"

一美思考了片刻,回答道:"将来……我想先要自食其力。"

"要找工作?"

"嗯，我想在经济上独立。"

"现在的女孩都爱这么说。"

"这在石津女士那个年代很少有吧？"

"当时工作种类有限，我是顺其自然地走了这条路而已。一美小姐你想工作是为了独立，而我是因为家庭的关系，必须要工作。"

"如果我也像你这样就好了，这样比较轻松吧。我好羡慕你。"

一美嘀咕了这么一句，然后笑道："朋友们常说我太古板，如果我生在石津女士那个年代，大概就不会变成现在这样了。"

她所说的"变成现在这样"到底是指的哪样？但千佳子没有问，并试图不让一美注意到自己避开了这个问题。

"女性有追求经济上独立自主的自觉意识，这并不是什么古板的想法，如果不是生在现在这个年代，可能还无法做到。"

一美摇头道："不，不是这样的。我说的不是追求独立这件事本身，而是更深层次的问题。在以前的年代，本来就不用过多考虑如何选择自己的人生这种麻烦事吧？石津女士刚才也说了，你是顺其自然地选择了这条路。"

千佳子确实没有什么空闲去考虑如何选择自己的人生，但是她没想到这件事会让年龄可以当自己女儿的年轻人如此羡慕。

"我可不想变成妈妈那样，"一美用毫不掩饰的语气残忍而直接地说，"像寄生植物一样依赖一个男人，无所事事地活着，人生毫无目标。我绝对不想变成那样。"

"你对你妈妈说过这样的话吗？"

一美瞪大了眼睛。"怎么可能……不管怎样，我也不会当着她的面说这些啊。"

"因为你觉得这是对她的侮辱吗？"

"嗯，确实是这样。"

"或许你认定这是屈辱的事，但是你妈妈可能也有她的想法。"

"她不可能有想法。"一美不屑地说，"她要是有一丝一毫自己的想法，怎么会任由丈夫一次接一次地出呢轨？"

关键还是在这一点上，千佳子心想，这是最让一美感到愤怒和伤心的。

"我爸爸最喜欢说：'我以一个成年人、一个过来人的身份来跟你说几句。'他净讲些冠冕堂皇的话，却从来不对自己背叛妈妈的事实进行反省，而我妈妈还对这种人毫无怨言、百依百顺。他们两个到底在搞什么，我真是无法理解。"

"其实，有时候孩子确实不能理解夫妻之间的事。"

一美的眼神亮了起来。"咦，我好像听过一样的说法。"

"是你妈妈说的吗？"

"嗯，那时我觉得爸爸的花心实在太过分了，就对妈妈说干脆离婚算了……大概是我中学二年级时候的事。"

"你在那个年纪就发现爸爸有外遇了吗？"

"当然会发现啊，他表现得太明显了，还时常有女人打电话到家里来。"

"那么当时你妈妈是怎么说的？"

"她说：小孩子不能叫父母离婚的，而且你爸爸还有许多优点啊，爸爸和妈妈是夫妻，有些事只有夫妻之间才会懂。"

一美咬着贴了创可贴的手指。

"我还庆幸自己不懂呢。"

千佳子笑了。"你还小，可能没法领会这种道理吧。"

"你是说等我结婚了，就能理解我妈妈的心情？"一美厌倦地闭上双眼，"我不懂，不能理解，也不想理解。反正我根本不可能嫁给我爸爸那种男人。"

这虽然是一美单方面的看法，但正因为她还有着单纯而敏感的灵魂，才产生了这样强烈直接的幼稚"信念"。

姑且不论这一点，千佳子不由得开始思考所田良介、所田春惠和所田一美一家不幸的根源。虽然不能够公开宣扬，但这里显然存在着一个事实。那就是亲生父母与子女之间也存在投不投缘的问题，如果性格合不来，那么即使有血缘的牵绊也只会变成一种束缚。

如果有足够的时间，他们或许能习惯这种束缚，保持合适的距离，在不伤害彼此的情况下和睦相处。然而所田一家如今已没有这样的时间了。

09/18 00:19

网名：爸爸

主题：我是爸爸

kazumi，我是爸爸。

你一定吓到了吧，不过我真的是你爸爸。

昨天我偶然发现你经常逛这个网站，爸爸也吓了一跳。

原来你在网站上认识了那么多朋友，所以才能敞开心扉，也幸亏如此，爸爸才能了解你的内心世界。

真对不起，一直以来爸爸完全不了解你的真实想法。以后我们要经常聊天，我想和你建立良好的关系。你能原谅爸爸吗？能够理解爸爸现在的心情吗？

第十章

千佳子敲了敲门后进入房间,所田春惠抬起头来,她双目红肿,似乎刚哭过,手里紧握着手帕。

"怎么样?"千佳子尽可能地用最温和的语气问道,"东西都看过了吗?"

"看过了。"春惠点了点头,急急地用手帕按了按眼睛,然后站起身来,"不好意思,花了那么长时间,这些东西让我想起了许多事情。"

桌上原本杂乱堆积的遗物已经被整齐地摆放好了,显然是春惠仔细查看后整理过的。

"我丈夫的私人物品已经分出来了,这边是需要还给公司的物品。"

她指着桌子的右半部分,其中混杂着一些看起来像是电线的部分,春惠把它们拿了起来。

"这些东西,我不知道它们的用途……"她含糊其辞地说。

"这是用来连接电脑和周边设备的,类似数据线。"

"哦,是吗……"

"你丈夫有一台笔记本电脑,你知道吗?"

"知道,但是电脑好像不在这里吧?"

"抱歉,电脑暂时还要由警方保管。不过,不能归还电脑,却单单把数据线拿来了，真不知道负责这项工作的人到底是太粗心还是过于细心了。"千佳子苦笑道，春惠的嘴角也稍稍有了点弧度。

"我对电脑一窍不通……本来也不太会用电器。我丈夫教过，但我还是不会。我丈夫以前也一点都不懂电脑，好像是公司里的年轻人教他的。他觉得这样太没面子，于是就下决心努力学习。"

千佳子忽然想起北条稔刚才说过："所田先生看起来很懂电脑，其实并不怎么了解。"

"你丈夫去了电脑补习班吗？"

"不，还没有到这种程度，不过有段时间他买了很多相关的书籍，半夜里还在用电脑。"

"大概是什么时候的事？"

"嗯……可能是两年以前吧。"

春惠看了看桌上的东西，从归还给公司的物品中取出一本书，看封面像是关于网络的入门书籍。

"这上面还盖着公司总务部的印章，他借来看还没还呢。"

"嗯，这也是常有的事。"

春惠把书重新放回桌上摆好。

"能不能给我一些纸袋或纸箱？"

"马上就给你准备。"千佳子说，"刚才你在这里看的时候，有没有人进来过？"

"有位女警送来一杯咖啡……有什么问题吗？"

"没什么，只是担心有人进来打扰你。另外，很抱歉，一美小姐那里恐怕还需要花一点时间。你打算怎么办，继续等吗？"

千佳子一边问一边直视春惠的眼睛，她最想知道的是，她这样从正面看着春惠，春惠会不会躲避她的视线。

春惠没有闪躲，她的目光中浮现出身为人母的心痛神色。

"我可以继续等吗？"

"当然可以，我们帮你准备一个更舒服些的房间吧？"

"在这里就可以了，我还要整理这些东西，另外……"

春惠有些欲言又止，千佳子微笑着以示鼓励。

"一美来这里真的能让调查有进展吗？"

千佳子示意春惠就座，伤心的母亲摸索着拉过椅子坐下了。

"你从一开始就很担心这件事吧，不过，这话我也已经重复过好几次了，虽然一美小姐的证词相当重要，但警方也绝不会把破案的重任压到她一个人身上——"

春惠摇摇头，打断了千佳子的话。

"是的，我懂，我都明白。只是……我想……现在都来到这里了我还在想这些，我大概是个很不负责的母亲。"

春惠似乎正在寻找一个出口，让情绪冲破身体的屏障，化为语言。千佳子耐心地等待着。

"我怕今天如果一直待在这里，就会突然失去信心。"

"失去信心？"

"是的，一美说看到我丈夫和不认识的人在一起……还看到了好几次，我一直觉得会不会是她弄错了，认错了人或者胡思乱想，跟踪狂那件事不也是这样吗？"

千佳子缓缓点了点头。"我明白了，原来是这个意思。"

"因为当时跟踪狂的事,警方还派人来保护我们,给大家添了许多麻烦。这次也是如此,要是一美只根据她看到的事提供证词就算了,可是真的把那些人请来让她指认,警方费了那么多时间和心力安排,我担心万一又弄错……就太对不起各位了。"

"请不必担心这种事,我们的工作就是确认每一个细微的疑点。"

千佳子一边说着,一边再度直视春惠的眼眸深处,在那里仍然找不到任何虚伪做作的东西,只是单纯直接地映出春惠所说话语中包含的情感。

母亲真是一种悲哀的生物,千佳子突然想道,作为母亲的我们真是悲哀,总是会被疏远、被抛弃。

这突如其来的伤感情绪太过强烈,使千佳子感到有一肚子的话瞬间涌上喉头,她只能勉强将它们咽下。

"我去帮你找装东西的箱子。"

她说完立刻起身,心中忍受着苦涩的自我厌弃感。为了不让春惠察觉异样,她迅速离开了房间。

内线电话响了起来,北条稔和加原律子不约而同地吓了一跳,他们这过于敏感的反应让武上觉得有些惊讶。

德永拿起话筒讲了两三句后,看着武上道:"阿武,过来一下。"

武上原本以为德永让他过去听电话,结果却不是,德永要他出门后再谈。

"你们两个暂时在这里看着,我们不在你们也可以歇一会儿。"武上故意语气轻松地说道,稔却用招人厌的口气反驳他。

"反正你们会监视的,还说什么在这里暂时看着。"

律子小声问他:"监视?那么我们被当成嫌疑犯了吗?"

武上转过身时听到了她的问话,但还是直接走出侦讯室,德永做手势示意去走廊的尽头,武上快步走去。在转角处,秋津突然出现,挡住了他们的去路。

"怎么,原来是你啊?"

秋津打开最近一间房间的门,把武上他们推了进去,随后迅速关上了门。这里像是个储藏室,狭小的房间内杂乱地堆放着各种备用物品。

"到底发生了什么事?"武上刚问完,立刻将脑海中浮现出的第一个念头脱口而出,"难道是阿中的病情有什么变故?"

"不,不是的,阿中没有什么异状,"秋津急忙说道,"不是这件事……"

"找到了。"德永开口道。

"什么东西找到了?"武上瞪大了双眼。

"千禧之蓝的夹克衫。"

秋津不满地瞪了德永一眼。"你可真会抢功劳。"

"别开玩笑了,"武上调整了一下呼吸后说,"在哪里找到的?"

大块头的秋津俯视武上,郑重地说:"距东高圆寺北方大约六百米的地方,有一家倒闭的保龄球馆,名叫上北球馆,就是在球馆的垃圾场里发现的。"

武上在脑海中描绘该地的地图:东高圆寺,保龄球馆。

"这家球馆是在三个月前倒闭的,不用说,肯定是因为债主找上门来了。店面已经荒废了,垃圾场里堆满了球馆内拿出来的设备和垃圾。今天早上终于有工作人员开始进去清理……"

结果在垃圾堆里找到了那件亮蓝色的夹克衫。

秋津用手在自己的胸口到小腹的地方划了一个范围,说道:"这里一整块都有血迹,因为已经有些日子了,衣服都烂了,据说味道难闻得让人受不了。刚开始工作人员们都吓坏了,后来好像有人想起了杉并的案子,立刻就报了警。"

"目前为止只找到外套吗?"

"是的,负责处理遗物的小组成员匆匆忙忙地赶去现场了。"

"那个垃圾场外人可以进去吗?"

"它在保龄球馆的后面,似乎只围着一圈铁栅栏,外人也可以把垃圾丢进去。"

武上缓缓地点了点头。

"不过,竟然在这个时候找到。"德永抱着双臂说,"不知这案子接下来会怎么发展,你不觉得这就像是中本的执念引发的吗?"

武上用拳头抵住下巴。

"阿武,接下来要怎么办?"

"这不是我能够决定的。"

"怎么这么胆小?"秋津翕动着鼻翼说道,"这可不像是你的作风。"

"我本来就胆小,下岛科长人呢?"

"我出来时他还在打电话。侦讯室那边的情况如何?"

"现在是休息时间。秋津,你去叫石津过来,她应该在所田春惠那里，在一楼的小会议室。我去找科长谈谈。"

秋津答应着大步离去。武上他们也离开了储藏室。

"德永，你回侦讯室吧，什么都不要透露，也不必告诉渊上警官。"

"我明白了。"

"也别让那两个人离开房间，做得自然一点。"

"包在我身上。"

武上决定先去搜查本部的所在地训示室，他上楼走到一半的时候，一名警官迎面走了下来。

"武上先生。"

"情况我已经听说了，科长在哪里？"

"在署长室。"

收拾得很干净的署长室里不只有立川署长和下岛科长在，神谷警官也到了。他一开口就说出了和德永一模一样的话。

"是阿中的执念引出了这件外套吧。"

"确实有些太巧了。"武上答道，"不过我这边一切都在照计划进行……"

下岛科长显得很镇静，问道："目前情况怎样？"

"现在还无法断言。"

"那就不能说是照计划进行啊，侦讯都已经开始两个小时了。"立川署长插话道，"既然找到了夹克，不如就停止侦讯吧。"

"如果找到夹克可以改变搜查方向的话，我认为可以中止侦讯。"武上平静地回答道，"Ａ子那边的情况如何？"

"我们这边还没有透露情况，不过负责遗物鉴定的小组已经出动了,应该迟早会被记者注意到,现在正好是处于空档的时间。"

此时快到下午三点了。

"如果暂时不公开,还可以争取到晚间新闻之前的时间,电视台还不至于把这事当紧急新闻播吧。"

"不过A子可能会被跟踪报道案件的记者和编辑追问。"

"我们也可以借此观察她的反应。不管怎么说,那件夹克不是在垃圾场里找到的吗?就算可以做血型鉴定,也无法采集毛发和指纹了。虽然通过商品编码查购买渠道也可以得出结果,不过这需要花不少时间。"

下岛科长没有针对武上他们,而是对署长说道:"即使去问A子外套的事情,只要她没有心慌意乱地解释一大堆理由,那么这件衣服对她来说就不能改变什么。"

听了这话,武上松了一口气,这代表科长希望他继续进行侦讯。

"夹克是在东高圆寺发现的,A子跟这块地方有什么联系吗?"

"到目前为止,侦讯中从未出现过涉及高圆寺的话题。武上,你们那边应该也一样吧?"

"是的,我可以在侦讯中利用夹克这个新线索吗?"

署长正要开口,下岛科长抢先一步说道:"可以,这样一来会更有效率吧。"

立川署长的额头出现了深深的皱纹。"风险太大了,就算真的抓住了确凿的证据,以后起诉时也会被律师咬住这一点的。"

"又不是骗他们,没问题的,我们确实找到了外套。"

"可是……"

"我们要的是招供，不，还要更多，最好是凶手能自首。"武上平静地说，"葛西管理官也同意了。"

"这种事不用你来提醒。"

"找到夹克后，就更加提高了让凶手自首的可能性，请让我继续侦讯吧。"

立川署长的面庞发红。"A子那边还没洗脱嫌疑，你倒是真有自信。"

"现在的确没有充分的证据，所以我们才更想要搞清真相。"

"不好意思。"

背后传来一个声音，众人一齐回过头去，只见石津千佳子正站在门边。

"抱歉，我敲过门的。"

"所田春惠呢？"

"她说还要等一美小姐。"

"留下她是正确的。"

"她显得很不安，"千佳子看着武上说，"我听说了夹克的事，我也希望能够尽快继续进行侦讯，弄清真相，请让我们继续吧。"

武上和千佳子低头请求。尽管已经获得了搜查指挥官的许可，但他们不想在得罪立川署长的情况下继续侦讯，因为这很有可能会成为今后纠纷的导火索。

"这样下去，最后会被说成是靠诱饵查案的。"立川署长咕哝道。这个疑虑大家从一开始就心中有数，如今旧事重提也无济于事。武上和千佳子仍然默默低头恳求。

"好吧，现在中止侦讯的话，就半途而废了。"署长气馁地说道。

"您说得对。"下岛科长附和道。

"如果你们这边侦讯不出什么结果,今后就专攻 A 子这一条线,明白了吗?"

千佳子放心地呼出了一口气,武上看了看钟,现在是下午三点十五分,差不多该结束休息时间了,否则德永该伤脑筋了。

一走出房间,神谷警官就立刻问道:"阿武,你和鸟居联络过吗?"

"不,还没有,鸟居那边直到现在也没有报告过什么。不过我叮嘱过他,不到万不得已千万不要行动。"

鸟居是四系的刑警,他是神谷警官的部下,也是武上的后辈。

"要是准备利用夹克这个线索,鸟居那边也需要支援吧,那家伙不擅长处理这种突发状况。"

鸟居虽然优秀,但随机应变的能力还不足,以前也曾有过几次与涉案人员发生冲突。他本人也十分清楚自己的弱点,并且反省过了,因此这次武上敢于冒着风险委派给他任务。

"要派秋津去吗?"

"他是很有干劲,不过派他去会让鸟居觉得没面子的,还是我去吧。"神谷警官爽快地说,"这样比较好沟通。"

武上浅笑道:"说不定会让你白跑一趟。"

神谷警官的嘴角微微上扬。"你真这么觉得?"

"不,其实三十分钟前我还半信半疑,单凭现在的实际情况来看，我还不敢完全相信中本的观点。"

"说起来，署长刚才真是特别强硬呢，不过，既表现出强硬又能示弱可是阿武你最擅长的。"

"这也是因为长官你刚才说了那句话啊。"

"你是说'这是中本的执念'这句话吗？"

"一直没有找到的外套恰好在这个时间点出现了，这也许意味着有一条看不见的线在引导着我们调查这起案件呢。"

"或许吧……"神谷警官苦笑着点头道，"可是，我在进修时学过，调查人员的这种幻想可能会导致冤案呢。"

"我上回进修都是十年前的事了，"武上道，"不过，我从中本那里学到了很多。"

神谷警官拍了拍武上的肩膀，说了声"再联络吧"，便离开了。

"我们走吧。"石津千佳子说，她现在的面貌已经完全是个中年妇女了，不过从那柔和的微笑中，还是依稀可见昔日的风采。

发信人：妈妈
收信人：爸爸
主题：昨晚很开心

    谢谢你昨天带我去看新房子。感觉真的好像在看自己的新家一样，既紧张又兴奋。希望你能顺利把旧房子卖掉，早日筹足资金。
    到目前为止，我的人生都非常寂寞，我想以后也不会有太大变化。因此，能和"爸爸"相识相知，对我来说是非常宝贵的一段经历。
    我会尽量不惹麻烦，不会妨碍"爸爸"的生活。今后也请多多关照哦。

第十一章

　　武上一回到侦讯室，就听到加原律子的大笑声，不知道是什么事让她觉得可笑。北条稔则一直板着脸，露出这种表情的他看起来一点都不像十几岁的少年。

　　"刑警先生，这位刑警好有趣哦。"律子指着刚坐回桌子后的德永说，德永的表情却是一脸严肃。

　　"不好意思，走开了一会儿。"武上回到了座位上，戴起老花镜，耳麦里传来石津千佳子的声音："重新开始了吗？一美小姐说想看看加原律子身体前倾，小声说话的样子，最好是背对着我们。"

　　武上一边低头看手边的文件，一边点点头。

　　"好了，刚才你们说了'kazumi'、'爸爸'和'minoru'三人走到一起的经过，"他抬起头审视律子和稔的神情，"你们三个经常出入各种网站，上演亲子对话……不过，应该不止这些吧？"

　　稔不耐烦地反驳道："这种事情还需要特地问吗？你们调查过所田先生的电脑后不是早就一清二楚了吗？都说警察会故意问已经知道的事，原来是真的。"

　　"我们会互相发邮件，还弄了只有我们几个的家人留言板，也经常聊天。这个聊天指的就是网上聊天。"律子答道，"所田先生，就是'爸爸'，替我们租了留言板和聊天室。"

"这是什么时候的事？"

"什么时候……稔，你还记得吗？"律子作势向稔那边靠过去，"我记不太清楚了。"

稔瞪着空气思考了片刻，说："认识没多久的时候，大概是去年十月左右。"

"所以后来就是所田先生在打管理这些聊天的地方吗？"

"是的，不过应该没花多少钱，网上的许多服务都是免费的。"

"这些地方也可以说是你们几个人的'家'吧？"

"没错没错，刑警先生，你真会说话。"

"那么，'妈妈'又是怎么加入你们的呢？"

律子不知怎地突然不作声了，她偷偷地斜眼窥探稔的表情。稔没有理她，抬眼看着武上说："她是误闯进来的。"

"误闯？"

"对，大概是搜索'家庭'还是'家'之类的关键词，才找到我们这个留言板的。好像是年底或圣诞节的时候吧。"

稔耸了耸瘦削的肩膀，对武上撇嘴道："这些事问本人不是更好吗？那女人也来了吧？干吗还要兜圈子。"

"好吧，那就让她进来，和你们一起，可以吧？"

"呃，刑警先生，"律子慌里慌张地开口道，"稔刚才也说过，我的确怀疑过她……"

武上没有说话。

"所田先生被杀后，她立刻就发来了邮件，说'爸爸'出事了，但是我一下子就怀疑到了她身上。因为我当时太震惊了，所以……"

"所以你给她回邮件，问：是你杀的吗？"

律子显得有些退缩。"别这么说，听起来好可怕。"

"不是可怕，你是不想听到我这么问吧？"

"因为当时是一时冲动……"

"我们跟她相处得不好，"北条稔突然插话说，看起来像是给律子解围，"关系一直很尴尬，你们知道这件事吧？你们调查过所田先生的电脑，应该很清楚。"

"确实，你的邮件是最少的。"武上看着资料说。

"我们查到了今年一月十五日晚上十点他发给'kazumi'的邮件，一直到被杀的前一天，四月二十六日的中午过后——可能是午休时在公司发的——给'妈妈'的邮件……"

"咦？"稔缩起了肩膀。

"所田先生与'kazumi'，以及'妈妈'的邮件往来相当频繁，不过与'minoru'的却非常少，而且逐月递减。"

"我已经玩腻了。"稔说，"我跟这家伙不一样，我可不是对现实生活不满才躲进网络世界的。"

"我也不是你说的那样。"律子固执地说。

"你说你玩腻了，可还是参加了四月三日的网友聚会吧？"

"那是第一次聚会啊，虽然也成了最后一次。我很想看看这些人长什么样子，所以就去了。"

武上隔着镜片观察北条稔的表情，他显得比之前还要不安，不停地晃动椅子。

"那么，请你们先离开一下，我们要听听'妈妈'的说法，很快会再叫你们进来，请在别的房间暂时等候。"

律子变了脸色。"我们不在场的话,那女人肯定会乱说话的。"

"我们倒想听听她会乱说些什么。"

武上通过内线电话叫来警员,让他们两人离开侦讯室。稔拖着脚步先走了出去,加原律子跟在后面正要出门,武上叫住了她。

"请等一下。"

武上隔着桌子做手势示意她回来,律子对着武上作出向前倾身的姿势,武上小声问道:"你是不是怕北条稔?请回答得小声些。"

律子立时瞪大了双眼,低声答道:"有一点。"

"你怀疑他吗?"

"这……"

"等会儿到了其他房间,你先别和他说话,会有警员陪同,你保持沉默就好。"

"是。"

律子乖乖地点了头,逃跑似的离开了侦讯室。

千佳子看了看一美的侧脸,她收起下巴,紧抿双唇,专注地盯着单面透视镜。

"有点像,"她小声说,"我在超市停车场里看到的人好像就是她。"

"那就不是北条了?"

"嗯,不过在车站站台看到的人还是不知道是谁。也许是我想多了,可能是邻居吧,我爸爸经常参加社区活动,跟邻居们关系很好。"

"一美小姐?"

一瞬间,一美似乎没意识到有人在叫自己的名字,她完全没有反应,双目失焦,最后终于转向千佳子的方向,问:"什么事?"

"累吗?"

"我?没问题啊。"她拨开遮住眼睛的长发,断然说道,"没问题,我会坚持到最后的。快让那个'妈妈'进来吧。"

一美说完后在小包里一阵摸索,取出了梳子。正在这时手机突然从她的膝盖上滑落,她急忙拾起手机,紧握在左手中,然后赌气似的使劲儿梳起了头发。

千佳子凝视着她,语气温和地说:"你从下午开始就一直被关在这里,石黑会不会担心?"

一美停下了梳头的动作,松了一口气,才答道:"他刚给我发了短信。"

"是吗?所以你才回了消息。"千佳子微笑道,"男友发来短信,难怪你刚才有些不安。"

一美默默地梳好头发,开始清理留在梳子上的断发,她捏起断发丢在脚边,动作十分熟练。

"石黑白天要工作吧?"千佳子问道。

"在便利店。"一美用最简洁的语句回答。

"咦?不是在加油站吗?"

"你们来我家监护时他是在加油站,后来换了个工作。"

"这样啊,听说便利店夜班的时薪比较高呢。"

"嗯,不过他晚上要到别的地方打工。"

"是不是居酒屋?还真是勤快啊。"

"他要存钱,以后打算做生意。"

"这我倒是第一次听说。"千佳子冲渊上警官说,后者露出了笑容。

"我知道,准备开咖啡店是吧?"渊上警官接话道。

一美收起梳子,交叉双腿。

"一开始准备加盟连锁店,在独立开店前必须积累经验,所以现在需要保证金。"

"一美小姐也会去帮忙吗?"

"我是打算去,不过大学还是一定要念的。"一美烦躁地拨弄着头发,"别问我们的事了,还是快开始吧!"

发信人：所田良介
收信人：三田佳惠
主题：很抱歉

  真是非常抱歉，后天的约会可以延期吗？改到一个星期后，四月三十日左右如何？你特地邀请，我却没法赴约，真是很对不起。

第十二章

"请坐吧。"武上说。

这是位三十五岁左右,身材苗条、气质沉静的女性。她穿着一身保守严谨的淡绿色套装,化着淡妆,衣领处别着一枚珍珠胸针,看上去简直像一位参加孩子开学典礼的母亲。

"谢谢。"

她长着尖尖的下颌、细长的眼睛,嘴唇没什么颜色,五官端正。

"你是三田佳惠小姐吧?"

"嗯,是的。"

"现在的住址是……我看看……埼玉县所泽市。"

武上读着她的地址,对方轻轻点头回应。

"目前是一个人住吗?"

"是的。"

"未婚?"

"是。"

"供职的公司是千塚电装……这个地址是总部的吗?"

"是东京总部,我在总务二课。"

她与稔或律子刚走进侦讯室时的反应截然不同,显得非常沉稳、落落大方,虽然说话声音较小,但吐字清晰,一看就知道平时惯于应对公司的来电。

"总务二课一般负责什么工作?"

"比如员工带薪休假的安排、加班费的计算等,也包括公司宿舍的管理。"

"哦,也就是主要负责内务吧?"

"大部分的总务课都是如此。"

她的脸上隐约浮现出一丝有些讨好的笑容,当她的表情出现变化时,武上才注意到,她那乍看之下只是化着淡妆的脸,其实妆容精致,颇费了不少心思。

"你进这家公司多久了?"

"今年是第十五年。"

"原来是老员工了啊。"

三田佳惠没有回答,她低下头,双手规矩地放在膝盖上。指甲修剪得整整齐齐,右手无名指上戴着一枚圆底镶颗绿色石头的戒指,看上去像是翡翠。

"请问……"佳惠小心翼翼地开口道,"你们找我来是为了所田良介先生的命案吧?"

她的语气仿佛是在打电话询问客户或银行职员。

"是的。"武上简短地回答道。

"你们是不是在怀疑我?也就是说……我是嫌疑人?"

"为什么会这么想?"

佳惠环顾四周。"这里是侦讯室吧?"

"是的。"

"让我来这里,不就代表我被怀疑了吗?"

"那可不一定。"

武上的回答太简单，佳惠看上去很困惑，然而武上的目的就是让佳惠露出困惑的表情，因此他觉得相当满意。

"你们联络了我之后……我跟朋友商量了这件事。"

"是吗？"

"朋友认为我最好请个律师。"

"所以今天律师也一起来了？"

"不，我还没请，不过朋友随时可以为我介绍。"

武上没有接话，一言不发地盯着她看。三田佳惠放在膝盖上的双手一会儿交叉在一起、一会儿又松开，她有些尴尬地舔着嘴唇，最后终于抬起了头。

"我想我知道你们为什么会怀疑我。"

"哦？你觉得是什么原因？"

佳惠抬起一只手，按在自己心脏的位置，随后垂下双眼，旁若无人地开口说道："我与所田先生是在网上认识的朋友，警方知道我的来历，也就是说，你们已经调查过我了吧？"

"调查过了。"武上回答，他摘下老花镜，揉着鼻梁，继续说道，"我们也知道你们一直在玩虚拟家庭的游戏。"

三田佳惠闭上了眼睛。"那么，minoru 和 kazumi 也……那两个孩子也被叫来了，没错吧？"

武上没有回答，佳惠又抬起手，这次她按住了嘴巴，接下来含糊不清地说："那两个孩子在怀疑我，你们都知道了吧？"

"还没直接听他们这么说，不过，知道所田先生被杀害后，你发了邮件给他们，当时，kazumi 小姐是不是在回信中问你'是你杀的吗'？"

佳惠用双手捂住了脸。

所田一美的右手拇指一直在忙个不停，她又在发短信。她的手指动作迅速而准确，表情严肃认真，目光片刻不离手机。

千佳子等她按下了发送按钮后，才开口道："发完了？"

"哎？"一美吓了一跳，"嗯，对不起，可我怕他担心。"

侦讯室里，三田佳惠仍然把脸埋在双手中。武上把手撑在桌子上，十指交叉，静静地凝视她。

"这三个人的真面目，现在你已经全部看到了。"

一美将目光转向单面透视镜的对面，说："看起来是个挺老实的阿姨。"

"确实挺像已经做母亲的人。"

"是啊，虽然不是我爸爸喜欢的类型，但也许挺适合在家庭游戏中扮演母亲的角色。不过，反正在网上也看不到对方的长相，也无所谓了。"

一美突然满脸厌恶地噘嘴说道："这种人在匿名的世界里就会像变了个人似的，变得莫名的大胆。对了，她这个样子还要持续多久？不会哭了吧？"

武上轻咳一声，开口问道："你还好吧？"

佳惠总算抬起脸来，但一只手仍然按住眼睛，嘴角绷紧。

"我们想向你证实一些事，"武上继续说道，"你在网上偶然找到了他们三个的'家'，就是那个留言板，这是你们一开始相识的契机，是这样吗？"

佳惠点了几下头。

"这是什么时候的事？"

"去年年末……大概是十二月中旬吧。"

"你发现留言板后，立刻就留言了吗？"

"不……我观察了一周还是十天左右。"

"在 ROM 状态下？"

"什么？哦，我只是看留言。"

"你怎么看他们？觉得很有趣吗？"

佳惠终于松开手，露出脸来，眼睛周围的妆已经花了。

"与其说是有趣……"

"因为是父亲与一对姐弟的组合啊，你当时认为他们是真的家人吗？"

"怎么可能？！"她看上去有些疲惫，摇摇头说，"他们是在玩游戏，很容易就看出来了。"

"为什么？"

"因为感觉做过头了。"

"嗯？我不太明白，什么样子叫做过头了？"

佳惠稍稍向后退了退。

"光凭你们这些'家人'在留言板上的交流，在我看来，一下子实在无法判断你们是不是真的亲人。不过个别人的邮件就另当别论了，看了这些邮件，倒是很快就发现你们是在玩角色扮演游戏了。"武上说。

佳惠又缩起身子。"我和所田先生是……那个……"

"这件事之后再说吧。先说说你觉得他们三个的'家人'关系哪里做过头了？"

"可能是……他们交流的内容吧。"

"具体来说呢？"

"比如，"佳惠仰头看着天花板说，"ｋａｚｍｉ在留言板上写因为成绩下降了很难过，'爸爸'立刻安慰她，还很通情达理、温柔地鼓励她。ｋａｚｕｍｉ说被老师叫去谈话了，'爸爸'就说如果是关于升学的事情的话他可以去，哪有这么好的父亲呀？"

"这世上无奇不有，真有这样的父亲也不奇怪啊。"

"虽然有可能，但是……"佳惠第一次露出烦躁的表情，"我说不好，他们之间有种让人说不出来的假惺惺的感觉，只有亲眼看了的人才能明白吧。"

"总之，你对他们产生了兴趣，"武上强硬地说，"然后决定去扮演这个父亲与子女的组合中唯一欠缺的母亲角色。你一开始就突然留言说'我是妈妈'吗？"

"嗯。"

"你装作没发现这是个虚拟家庭游戏？"

"嗯，没错。"

"你是怎么留言的？"

"就是……'看你们最近老是玩电脑，原来还制作了这种网页，妈妈也加入吧'这样的话。"

"这不是看起来也很假吗？"

"所以说嘛,这种假惺惺的口气跟他们是相通的,所田先生他们很快就接纳了我,表现得就像是'哎呀,妈妈你终于来了'的感觉。大家都在演戏,但都乐在其中。"

"因为是有别于现实的乐趣?"

"是的,就是这样。"

武上将手肘撑在桌上,身体前倾。"不过你们在网络之外还见了面,对吧?四月三日的下午,四个人第一次在网友聚会中见到了彼此,没错吧?"

佳惠的表情变得很僵硬。

"你们如果享受非现实的乐趣,那又何必要见面呢?一旦见了面,这种虚拟家庭的乐趣不就破灭了吗?"

佳惠放在膝盖上的双手紧握成拳,嘴角扭曲了。

"我们……"她紧张得连声音都变了,"我们想结束这种过家家一样的游戏,所以才决定见面的。"

武上挑起双眉,道:"可是,聚会之后你们的家庭游戏不是仍在继续吗?所田先生还给kazumi发邮件说很开心,期待下次再见面呢。"

佳惠转动了一下身体,摇摇头说:"我没有听说这事,只看到kazumi在留言板上写了'聚会很开心'。"

"想结束这种游戏的,只有你一个人吧?"

"我?"她拉紧了衣领,"我想结束?为什么这么说?"

"因为你想同所田先生发展个人关系。不,是你们已经有了进一步的发展,是一对一的男女关系,我说的没错吧?"

佳惠的嘴唇在颤抖,她瞪着武上。"你们已经知道了?"

"你想把kazumi和minoru排除在外,与所田先生更深一步地交往,是不是?"

她没有答话。

武上紧追不舍地逼问道:"所田先生已有家室,他一点也不想破坏现在的家庭,你也明白这一点吧?他打算卖掉老房子,买一栋新的,你跟他一起去看了在建中的预售房,不是吗?之后你给他发了邮件,说好像真的在看自己的新家一样,很开心。你确实发了这样一封邮件,没错吧?而且那里就是案发现场,他就是在那里被害的。"

她仍然没有回答。

"你想打破现实与你扮演的虚拟角色之间的阻隔,你开始盼望成为所田先生现实中的妻子。你的意图,不,应该是欲望,渐渐渗透到这个家庭游戏里,被minoru察觉到了,于是他开始远离你们,实际上,他的留言次数也越来越少了,你没有注意到吗?"

佳惠垂着头,除了眼睛不停地眨巴,五官其余部分一片僵硬。

"kazumi会追问是不是你杀了所田良介,我猜她也察觉到了吧,你对所田先生萌生了超越游戏的情愫。你说得没错,他们两个确实怀疑你,刚才在侦讯室里已经告诉我了。他们怀疑是你杀了所田先生,以及与他关系亲密的今井直子。"

"我没有杀人。"佳惠低着头说,她的眼睛依然眨个不停,"我没有杀所田先生,对今井直子小姐的事更是一无所知。"

武上没有听她的辩解,他翻开资料,取出其中一页,平静地问道:"四月三日的网友聚会是在哪里举行的?"

"啊?"

"聚会的地点,你们约在哪里?"

话题突然转了个方向,佳惠显得不知所措。"那是在……车站……"

"新宿站东口?下午两点?"

"不、不错,你们早就调查得一清二楚了吧?因为我们是通过电子邮件决定聚会的时间和地点的。"

"你们约好四个人都拿着网络资讯杂志,就是凭杂志作为认人的标记?"

"嗯。"

"但是,你们不可能在车站前站着聊几个小时,所以后来又转移到了其他地方?"

"哦,你问这个的话……后来去了咖啡店。"

"店名是什么?"

"我不记得了,是所田先生带我们去的,离车站不远。"

"四个人都来了吗?"

"都到齐了。"

"当时你有什么感觉?"

"感觉?你指什么?"

"见到真人有没有让你觉得意外?还是和在网上玩虚拟家庭游戏时区别不大?"

"你说这个啊……"佳惠不知为何松了一口气似的点点头,道,"minoru 和 kazumi 都是年轻人,感觉真当他们是我的孩子也不奇怪。"

"所田先生呢？真让他当你的丈夫也不奇怪吗？"

没有回答。

"你是不是觉得非但不别扭，还非常合适、太理想了？至少对你本人来说，不是吗？"

"刑警先生，你这是在诱导我吗？"

"我没有这个意思。"

"你明明就是在诱导我，你的目的就是想让我承认吧？让我说出'我确实想和所田先生建立男女关系'，对不对？"

武上没理会她的质问，他翻开资料中的另一页，再度平静地提问道："四月二十三日，所田先生在公司用他的笔记本电脑给你发了邮件，内容是希望将和你的约会改期，延到一星期后的三十日。"

佳惠又露出困惑的表情。"我确实收到了这封邮件，但是记不清具体的日期了。你的问题太混乱了，我理不清思路。"

"实际上，这封邮件里有个比日期更重要的地方，"武上继续道，"所田先生在邮件里写了你的本名，他直接称呼你的名字，而不是'爸爸'寄给'妈妈'。那是一封所田良介寄给三田佳惠的邮件，他为什么这么做呢？"

佳惠的身体离桌子远了一些，似乎很想逃走。

"我不知道，也许是因为我们已经在网友聚会中见过面，他才这么做的，我根本没注意。"

"是吗？我倒认为这证明你与所田先生私下的关系有了更进一步的发展。"

"你想太多了！"

"你们约定在二十三日单独见面，是吧？"

没有回答。

"这可不是网友聚会吧？"

"那是因为……"

"因为什么？我听不见。"

"我为什么要告诉你那么多？"

武上再度转移了提问的方向。"四月三日的聚会气氛怎样？是不是很和睦？"

"我觉得很好。"

"你和所田先生一起去看了案发现场的在建预售房，这是三日那次聚会之后的事吧？"

"是的，我忘了具体日期。"

"那里距离所田家走路不到十分钟，开车或骑自行车只要两三分钟。难道你就不顾及他太太和女儿的感受吗？"

"那天是工作日，我可没有占用他们的周末时间。"

"这借口还真少见。"

"我只是跟着去看而已。所田先生挑选房子相当谨慎，他在不同时间去那栋在建楼房看了好几次。晚上也去过几次。他是在下班后顺路去看的，那天也是这么安排的，我只不过是跟着一起去。"

"大概几点呢？看完房子后，你还得从杉并返回所泽吧？"

"还不算太晚，好像是九点左右。"

"这个时间会被附近的邻居看到的吧？"

佳惠的声音变调了。"被人看到又怎样，我可没做什么亏心事……"

武上依旧冷静地注视着她,直到她那扯着嗓子大叫引起的回音消失之后,才若无其事地说:"差不多该让 minoru 和 kazumi 一起入座了吧?"

"好奇怪啊。"所田一美咕哝道。

"怎么了?"千佳子靠近她问。

"那个三田佳惠。"一美隔着镜子指着她,"比 A 子——比那个被当成嫌疑犯的女人更可疑吧? minoru 和 kazumi 也怀疑她,可她却一点事都没有,A 子甚至还被周刊杂志记者跟踪。"

千佳子顺着一美手指的方向看去,三田佳惠的侧脸不够漂亮,尤其是下颌的线条,比一美的逊色多了。

"还是说警方真正怀疑的其实是她,但有意不公布信息?"

"可能是没有决定性证据吧。"

"那对 A 子不也一样吗?"

"但三田佳惠与今井直子之间没有任何关联。"

"她一定听我爸爸说过,"一美毫不留情地一口咬定道,"肯定是爸爸告诉她的,他们两个不是单独见过面吗?不是还一起去过案发现场?不会是那时听说的吗?"

"听我说,一美小姐。"千佳子移动双腿,面向一美,一美没有转头看她,仍然望着三田佳惠的侧脸,"你真的认为你父亲会做这种事吗?"

"这种事是指什么?"

"把有今井直子这么个女友的事告诉另一个女人。"

"他很有可能干得出来啊。"一美以冷淡的口气丢下这句话,"我都可以想象出整个过程:三田佳惠倒贴,我爸爸很头疼,就说其实自己还有个很麻烦的情人,光应付那女人就够戗了,他肯定说得出这种话。"

"三田小姐听了这话,就想只要今井小姐消失,自己和所田先生的关系就能进一步发展,所以就杀了她?"

"没错,就是这么回事。"

"可是,既然三田小姐不惜杀人也要得到你父亲,又为什么连他也一起杀了呢?"

"大概是因为我爸爸接受不了她吧。"

"你爸爸不能接受三田小姐?"

"是啊,我不是说过好几遍了,他只喜欢年轻的女孩子,才不会选那种大婶。"一美挥动着手说,"所以这个三田大婶恼羞成怒了吧?好不容易钓到的男人。"

她故意挤眉弄眼,捏着嗓子道:"'我过去的人生过得真是寂寞啊',她肯定一本正经地说过这种话,不过确实很寂寞吧,所以就算是有妇之夫,只要有办法弄到手,她就刹不住车了。"

千佳子静静地说:"如果真是这样的话,她的下一个目标很可能是你的母亲呢。"

"啊?"一美眨了几下眼睛,终于转头看向千佳子。

"因为,即使没有了今井直子小姐,所田先生还是有太太,就是你母亲啊。"

"哦,是啊。"一美耸耸肩道,低胸的领口中露出优美的锁骨线条,"说不定还真是,挺险的。"

"光想想就会觉得后怕吧?"

"谁知道……"一美移开了视线,"对了,妈妈现在在干什么?"

"她还在等你呢。"

"明明可以先回去的……"一美边说边看手机,大概是在确认时间,"已经四点半了啊!我累了,还得继续留在这里吗?"

"当然……不过先不管你喜不喜欢三田佳惠小姐,看到她后有没有想起什么?你有印象吗?会不会是你看到的陌生人之一?"

一美好像完全忘了这回事,明显露出了惊讶的表情。

"哦,对了,我是为了这个才来的。"她重新靠近单面透视镜,"不过,我对她毫无印象,也许在我家门口徘徊的那个人就是这个女人,但也有可能是我看到了她的样子,听了她说话才有这种错觉。"

这女孩儿不仅长得漂亮,脑子也转得很快呢,千佳子心想。

"不管怎样,就算我说不出什么,如果真是这女人杀了我爸爸的话,大概也快露出马脚了吧?她都有点歇斯底里了,眼看就要招供了。我还以为那位刑警先生只会板着一张脸,没什么手段,其实还挺厉害的,是吧?"

"你是说武上吧?"

千佳子试图露出微笑,却笑不出来。她看着一美的嘴唇,一美有着美女特有的棱角分明的唇线,就是这张嘴,坚定地吐出"我要杀了他"、"我要报仇"这些字眼。

发信人：kazumi
收信人：minoru
主题：你怎么样？

minoru，你怎么样了？我的心情真是糟透了。

你跟"妈妈"聊过吗？她肯定在生我们的气吧，不过我没心情理她，她发来的邮件我也没去管。

自从"爸爸"死后，到今天已经是第十三天了，时间过得真快。我每天都在日历上打叉，直到凶手被抓住为止。这样虽然很难过，但如果不这么做的话，我就体会不到真实感。一不留神又将邮件发给了"爸爸"。所田先生在我心中是非常重要的人，他就是我的"爸爸"。那时，我真的很庆幸自己会上网，你也觉得很开心吧？不过，这一切已经结束了吗？是我做得不够好吗？

虽然我不知道凶手是谁，但不是minoru你，也不是我，我还是怀疑"妈妈"。

拜托给我回信吧，昨天和前天都给你发了邮件，但你一封也没有回。

我现在感觉好孤独，好害怕，我想和你见面。

发信人：minoru

收信人：kazumi

主题：再见

我先说好，这是我最后一次发邮件给你了。

据说警方对"妈妈"进行了彻底的调查。她很生气，因为你对警方说了一大堆。不过她气的只有你一个，跟我没关系，别把我跟你扯在一起。

"妈妈"在所田先生被杀的那天被公司派去大阪进修了。警方查明了这一点，已经排除了她的嫌疑。不过由于刑警找到公司，害她被上司盯上了，她哭诉说可能会被辞退。她本来以为没上新闻就不要紧，不过像她待的那种大公司，只要警察上门调查就算完了吧。

我对这次的事已经彻底厌倦了。你看了报纸吗？他们还在用匿名"A子"称呼凶手，她大概很快就会被逮捕吧，然后一切都可以结束了。

我认为所田先生没你说的那么好，作为男人，我不认同他的处事方法。这不是马后炮，自从聚会后我就一直这么想。

我觉得A子有点可怜，当然，她就是个白痴女人。

你可别变得像她一样哦。

我们就到此为止吧，kazumi的弟弟minoru从此消失。

再见。

第十三章

kazumi 和 minoru 刚回到侦讯室,仿佛算准了时间似的,内线电话立刻响了起来。德永等它响了两次,才拿起话筒接听。

"阿武,找你的。"

武上起身,背对桌前的三人接过话筒。

"我是鸟居,"对方在一片杂音中报上名字,"方便说话吗?"

"哦,辛苦了,"武上轻松地说道,"情况怎样?"

他们事先商量好的暗号是"感觉胃都痛起来了",只要武上不说这句话,就代表一切都照原计划进行。不过,鸟居还是相当谨慎,他压低声音说道:"果然如中本先生所料,她男友很明显动摇了。"

"嗯。"

尽管内心非常激动,但武上只是哼了一声表示回应,装作毫不在意的样子。然而侦讯室里的三人还是一脸怀疑地看着他。不知镜子对面的所田一美又会以怎样的表情来看待眼前的情景呢?

"我从神谷警官那儿听说了外套的事,新闻还没有报道这个消息,广播也没有动静,她男友应该不知道这事。"

"原来如此啊。"

"你们也还没说吧?"

"嗯。"

"接下来准备说吗?"

"嗯,可能还要等一会儿。"

"等我看到她男友从店里离开了,再跟你联络。"

"我知道了。"

武上挂了电话,拉开椅子,加原律子颇有兴趣地探身靠近他。

"刚才的那通电话是不是跟我们有关?"

武上戴上老花镜。"我们要调查的可不只有所田先生这一起案件。"

"这样啊……"律子像小孩子一样不停地晃动双脚,不过,武上发现这动作其实与她的真实心情正相反,她是这三人中最紧张的一个。

侦讯室内的气氛在发生变化,武上感到有一股沉重的力量压在肩头,仿佛触手可及,就如同困在浸透了的湿棉花中一样,他必须游出去,寻找出口。

三田佳惠挪动椅子,斜坐在座位上,刻意离"孩子们"远一些。北条稔目不转睛地打量着她,额头上出现了夸张的抬头纹,他问武上:"这女人招供了吗?"

佳惠像被打了一拳似的跳起来,看起来很昂贵的小包从膝盖上滑落,搭扣松开,里面的东西掉了出来,有小巧的化妆包、手机、粉红色封面的记事本。她像裙底走光一样狼狈不堪,飞快地捡起东西,塞回包里。

"你没事吧?"

"还、还好。"

等佳惠就座，武上缓缓开口说道："你们好久没见面了，感情应该还好吧？"

三人谁都没有回应。

"好了，人都到齐了，有一件事需要让你们知道。"

三人表现出的身体姿态各有不同。

"我们找到了千禧之蓝的外套。"

三人惊讶的表情也各有不同，都是货真价实的惊讶，毫无做假成分。

武上隔着眼镜看着北条稔说道："你们在报纸上看到过吧？警方推测凶手勒死今井直子、刺杀所田良介的时候，身上都穿着那件衣服。当时我们无法判断到底是背心还是夹克，现在可以证实是夹克了。"

"为什么要对我说这些？"稔的脸色很难看。

"我并没有特别对着你说。"

"你刚才不是一直看着我吗？那件外套也并不一定是男装啊。"

三田佳惠抓住这个微妙的时机，以之前没有过的饱含恶意的口吻说道："可是据我所知，那家加拿大厂商根本没有生产过女装。"

"你这女人！"稔狠踹了椅子一脚，折叠椅倒在地上，发出巨大的声响。武上并没有制止，他依旧肘部撑在桌上，双手十指交叉，不过加原律子出声了。

"别这样，别闹了！"加原律子仿佛正拥抱着稔似的哭诉道，"别上她的当，这是她的手段啊！"

"动不动就说这种话，这也是你的手段吧？"佳惠反问道，"永远都是乖宝宝kazumi，说哭就哭真是你的拿手好戏。"

"kazumi"迅速转过头，似乎想要打佳惠。"住手！"武上立刻制止了她。

"找到的大衣上沾有大量血迹，应该是所田先生的血。"

律子一下子老实了，无力地坐回到椅子上。稔也把折叠椅重新摆好，坐了下来，椅子发出嘎吱嘎吱的响声。

"那是所田先生的血，"武上重复了一遍，"他被刺了二十四刀。"

"在哪里……找到的？"律子嗓音沙哑地问道，武上没有回答，而是又看了一眼稔。

"我都说了我不知道。"稔抗议道，语气比起刚才稍有克制，"别老是盯着我看啊，大叔。"

"我并没有针对你。"

武上重新调整姿势，双臂环抱，来回看着三人的脸。

"你们听说过'证据会说话'吗？物证胜于雄辩，它可以告诉我们很多真相。找到了这件外套，就等于找到了这起案件的出口。"

有人咕嘟一声咽了下口水。

"尽管如此，我们还是希望尽可能地省去不必要的劳力和时间。你们三个人中如果有人想坦白的，请现在就供出事实。"

他瞥了一眼手表。

"我给你们三分钟时间。"

此时秒针刚好经过十二点，这样计算比较方便。

现场一阵沉默。

"为、为什么要对我们说这些?"律子声音颤抖地开口道,"为什么要把我们三个放在一起?"

武上看着手表道:"已经过了三十秒了。"

稔的表情扭曲,显得有些滑稽。"刑警先生,莫非你觉得我们三个是共犯吗?"

"怎么可能!"律子尖叫道,她用双手捂住了脸,"真的吗?你真的是这么想的吗?所以才把我们一起叫到这里来?"

"你到底在搞什么鬼,大叔,脑子出毛病了吗?"

武上仍然盯着手表,目不斜视。"过了一分钟了。"

所田一美也用一只手捂住了嘴。

"这是真的吗?"她的声音从指缝间漏了出来,"是真的吗?"

千佳子没有马上回答,一美回身抓住了她的手。

"喂,这是真的吗?真的找到了外套?"

"嗯,据说找到了,"千佳子平静地答道,"就在刚才收到了消息。"

"那件外套是凶手穿的吗?"

"上面沾有血迹,应该是吧。"

渊上警官来到一美身边,问道:"一美小姐?"

"我……我觉得不舒服。"一美突然垂下头,凌乱的发丝遮住了她的面庞,"突然说沾满了血迹什么的。"

"抱歉,不过,我们不能单独告诉你一个人。"

"在哪儿找到的?电视上播了吗?"

"应该上新闻了吧。"

一瞬间,一美的大眼睛凝视着空气,突然,她好像看到了什么似的,或是察觉到了别人没注意到的变化似的,双手抱住头蹲了下去。

"我觉得很不舒服,"她发出呻吟,"头很晕……"

千佳子也弯下腰来,把手放在一美的背上,掌心能感受到女孩儿急促的呼吸。如果有可能的话,她真想亲眼看看这女孩儿身体内涌动的情感和思想。

女孩儿转动着头,在能力范围内极力转动着。她低着头,视线下垂,蹲在地上,似乎在努力集中精神。千佳子很想告诉她别这么做,别再挣扎,选一条最轻松的路走吧,一切都过去了,已经结束了。

一美在地上蹲了一分钟左右,然后突然粗暴地推开渊上警官,抓起小包站了起来。

"我想去洗手间。"

"你一个人没问题吗?"

一美抬起双眼,大声叫道:"别跟过来!"

她的口气近乎怒吼,渊上警官吓了一跳,连忙缩手。一美见此情景,总算意识到了自己的失态,露出了害怕的表情。

"对不起。"

"没关系,你知道洗手间在哪里吗?沿着走廊走,再向右拐。"

"我知道了。"

一美咔嗒咔嗒地踩着地板走出门去,她的步子有些乱,还差点儿掉了一只凉鞋。门关上后,还能听得到她的脚步声。

"是不是太残忍了……"渊上警官看着自己的脚尖低声道,仿佛是不经意说出了这句话。

千佳子静静地等待下文。然而年轻的女警没再继续下去,只说了句"抱歉"。

"你不用道歉,其实我也有同样的感受。"

随后,千佳子也迅速离席,她朝渊上警官点了下头,便步出房间。关上门时,她听到渊上警官对着麦克风报告:"一美小姐刚才离开了房间,石津女士跟过去了。"

千佳子穿着橡胶底的鞋子,走路不会发出声音,她只能听到自己的心脏在规律而沉重地跳动。

为了以防万一,她在洗手间前的储藏室外停下脚步,竖起耳朵仔细听。就在一个小时前,武上他们还在这间储藏室里讨论。

一美不熟悉这里的环境,应该不会擅自闯入附近的房间,千佳子这么做只是为了保险起见。她果然没听见任何声音,便朝洗手间的方向走去。

这层楼的女用洗手间很狭窄,打开面向走廊的门后,迎面看到的就是近在咫尺的洗手池。里面有两间单独的厕所,一美大概就在其中一间里。

尽管如此,千佳子为求谨慎,还是先查看了洗手间前方的楼道,楼梯平台上一个人也没有。走下楼梯后,下面一层的楼梯口人声嘈杂,那边有一间办公室,经常有警官出入,一美不可能从这里下楼。

千佳子回到走廊里,侧耳贴近洗手间的门,但听不见水流声或是人声。她悄悄推开门,探头张望。

"都说了我没事的。"是一美的声音,她说得又急又快,像是在说服或是在安慰某人,"你在店里吧?看到新闻也别着急,绝对没问题的,我保证,好吗?好不好?所以拜托你,拜托你一定要冷静,听到了吗?"

听起来又像是在哀求。

"什么?嗯,没错,警察这边没问题的,他们没有怀疑我,真的,他们在怀疑那些人。对啊,我来这里是因为别的事啊!"

她大概极力压低了音量,但尾音却不由自主地上扬。果然太残忍,真是太残忍了,千佳子心想。

可是,已经有两个人送命了,与人命比起来,哪个更残忍呢?

如果袖手旁观的话,或许还会发生更多的命案。一美那忙碌按键发送着短信的手指,那样的愤怒和伤心,有什么其他的方法能够阻止吗?

到底哪个更残忍?

(中本先生!)

千佳子在心中呼唤他,她实在无法想象中本先生躺在重症监护室内的样子,只能回想当初被叫到搜查本部,第一次见到中本先生,他表达自己观点时的样子。

(您这次做得太棒了!)

随后,她像来时一样,又悄悄地逃跑似的返回走廊。

"一美小姐在打电话。"

武上的耳机里传来千佳子的声音。

"错不了,一切正如中本先生所料。"

武上表情严肃地皱起眉头,桌子对面的三个人立时挺直了背脊。

"目前渊上警官代替我在洗手间门外监视,等她回来了我会再通知。"

"明白了。"武上对着单面透视镜重重点头,随后对德永说道,"联系鸟居,所田一美现在还在打电话。"

电话刚响了一声,鸟居就立刻接通了。"是阿武吗?"

"你那边如何?"

"她男朋友进入里间后就再也没回到货架区,我只能确认他接了一个电话。"

"是一美打给他的,后门那里呢?"

"没问题,有人看着。幸好这里是便利店,四周几乎都是透明的玻璃。"

"不要打草惊蛇。"

"我知道。"

"注意别太冲动。"

"阿武,"鸟居的声音很低沉,"我再怎么样也会从失败中吸取教训的,你就放心交给我吧。"

"那就拜托了,已经到了这一步,要是再搞砸了,可没脸去见阿中。"

武上挂了电话后,伸手抹了一把脸,然后问德永:"我是不是在冒冷汗?"

"没关系,看上去和之前没有什么区别。"

"你倒是很冷静啊。"

"记录员本来就跟背景板差不多嘛。"

德永抬头看了看武上。

"中本前辈是对的。"

"嗯。"

"一切都照计划进行了。那女孩儿居然比想象中的要单纯。"

"到底还是个孩子。"

德永的表情显得有些苦涩。

"这就叫'跟孩子掰手腕——不费吹灰之力',是吧?"

武上沉默不语。

"对不起,我不该说这种话。"

"算了,不过,还是不能掉以轻心。"

武上转头看向侦讯室里的另外三人,那三道严肃而澄澈的目光正直视着武上。

第十四章

所田一美很不情愿地回来了。渊上警官紧紧抓着她的手腕,虽然动作很温和,但似乎也遭到了她的抵抗。

"你感觉怎么样?"千佳子立刻走近她。

"我想回家。"一美说道,她没有看千佳子的脸,"我说了想回去,可是渊上小姐不理我。"

千佳子搂着一美的背,想让她坐下来。一美站直双腿硬顶着,显得很抗拒。

"我受够了!不想再继续了!"

"你这是怎么了?"千佳子打量着她,"为什么突然这么慌乱?"

千佳子的语气温和,却似乎带着些许怀疑,一美好像终于听进去了,全身松懈了下来。

"我不舒服,好想吐,让我回去吧。"

她的额头在冒汗,手在颤抖。

"只要一想到那件沾血的外套,我就受不了。气都透不过来了,我不想再待在这里了。"

"那让你母亲来接你吧,你们可以一起回家。"

"不用了!"

"我去叫她来。"渊上警官迅速走了出去,她慌乱的脚步显示出内心的不安情绪。但这也是无可奈何的事,因为她是一路陪着一美走过来的,千佳子心道。

"我会安排车子送你们回家,请稍等一下。"

收音麦克风里传来侦讯室内三田佳惠的声音。一美双臂环抱着身体,面对房间一角呆呆伫立。

千佳子朝镜子的另一端看了一眼。

"还是没有人招供。"

佳惠低着头嘀咕道。

"都这样了,还非要怀疑我们吗?"

"你就算等三十分钟、三个小时、三天,也是一样的结果。"稔又开始不停地晃动双腿,"我不知道外套的事,什么都不知道!"

"我也是。"律子附和道。

"要找动机的话,还有其他人啊。所田先生的家庭也有问题。"佳惠说着叹了一口气,"他说过家里的气氛冷到了极点。"

"所以你就认为他会离婚然后跟你结婚?"稔冷笑道,"省省吧,那是花心男人的常见招数。你都一把年纪了,这还看不出来?"

佳惠瞪了稔一眼。"所田先生又不是光对我抱怨!你们也都听到了吧?那次聚会的时候,他不是说了很多吗!"

"有吗?我怎么光记得你一个劲儿地说自己有多么孤独寂寞,生活多么无聊?"

"你说够了没有?"

"哼,我好怕啊。"

武上拿起资料在桌上磕了几下敲整齐。稔缩起脖子,说:"看吧，刑警先生也发火了。"

"我希望您能明白，"三田佳惠双手攀住桌子边缘，探身向前，"所田先生很孤独，我能够感同身受，因为我也很孤独。我们的'家庭游戏'有很大的意义和价值，它确实有存在的必要。"

稔摇了摇头。

"所田先生的现实生活很不幸。他和太太、女儿相处得都不好。他说过自己的人生非常空虚，生活毫无意义。"

武上平静地问道："所以才会与今井直子交往，他是不是这么说的？"

佳惠神色自若。"他的确不擅长应付女性。不过我觉得是女方在纠缠所田先生。他在公司里也碰到过……也碰到过这种男女关系上的纠纷。"

"你知道得还真不少。"

"警方不是都调查过吗？"

"我们不知道这些事。那家奥立安食品公司可不简单，所田先生的同事和部下一个个都守口如瓶，什么都问不出来。"

"你这个白痴，干吗都说出来？！"律子责骂佳惠，"都是因为你硬要插进来，我们之间的关系才会变差的，你难道就没有一点内疚吗？"

"为什么老是把我说成一个坏人？"

"就是你不对啊。"

"哪里不对？我到底哪里不对？你说出来，举出具体例子来。"

律子"哼"地冷笑一声。

"你说不出来吧？说到底你就是在吃醋，在嫉妒。"

律子瞪大了眼睛。"我吃醋？吃谁的醋？"

"所田先生让我当'妈妈'，他很重视我，然后你就觉得不舒服了吧？因为你不再是他最看重的了，所以就心理不平衡了？"

律子敲敲她身边的稔的手肘。"喂，你听到没？这位大婶好像误会得很厉害嘛。"

"你什么意思！"

佳惠朝律子扑了过去，稔站起身来，武上大喝一声："住手！"

三人都吓了一跳，停下了动作，屋内一片寂静。

停了片刻，有什么东西突然啪地一声掉落在地板上，那是德永记录用的文具。他环视了一圈所有人的脸后，慢慢蹲下身去捡。

"失敬。"德永说。

气氛一下子变得有些微妙。加原律子像个孩子似的咯咯笑了出来。

"你看那个做记录的刑警先生，好有趣啊，"她对稔说道，"'失敬'是什么意思？"

"就是失礼的意思，"武上板着脸解释道，"不过日常会话中一般不会用这种词。"

又是一阵沉默。

远处忽然传来隐约的警车鸣笛声，从窗外穿过了涩谷的街道，由远及近，悄悄滑入到这片寂静中。

"又有案子了吗？"律子咕哝道，"警察还真忙，我们这边可以结束了吧？"

"是啊，外套都找到了，已经够了吧？"稔附和道，"只要跟着这条线去查，不是很容易就能抓住凶手了吗？"

德永拿起电话,那一端立刻有人接听了。

"刚才的警笛是怎么回事?"他用严厉的语气问道,"连我们这里都听得一清二楚。"

对方似乎解释了些什么。"我知道了。"德永回复了一句后就挂了电话,转而对武上说,"应该到了。"

"你们在说谁?"律子纠缠不休地追问,"喂,刑警先生,是不是有别的案件在等你们处理?也是命案吗?"

"跟你没关系。"武上说,"要说命案的话,光一个所田先生就够你们应付的了,而我们也只想专心找出杀他的凶手。"

佳惠突然轻浮地甩动双腿,说:"是他太太。"

她的口气带有显而易见的恶意,那恶意仿佛正顺着她的嘴角淌下。

"凶手肯定是他太太,错不了。案发现场不是有人听到了女人的尖叫声吗?"

武上问道:"这是你的观点吗?"

"嗯,没错。"佳惠抬起头来断然说道,"除了他太太,找不到第二个痛恨所田先生和今井直子,想要置他们于死地的人了。"

"是这样吗?"

"刑警先生是不是还挺同情他太太的?从表面看来,当然会认为出轨的丈夫有错。不过,夫妻之间感情破裂,不一定只是其中一方的责任吧?"

"我不这么认为,"稔说道,"这绝对是所田先生的错。"

佳惠似乎决定不再理会律子和稔,她直视着武上继续说道:"凶手就是他太太。她先杀死今井直子,然后轮到所田先生。她失去了理智，所以才会在所田先生身上刺了那么多刀。"

"如果所田太太是凶手，案件不是应该发生在家里吗？"

"那可不一定。她知道所田先生会在下班路上去看房子，可能就在那里等着。杀了所田先生后，她大概急忙逃回家了。他们家就在附近，有足够的时间。"

"原来如此。不过，这种说法的依据只是你单方面的主观判断吧？"

"不，我有切实的证据。"

她一改方才安分沉稳的表情，露出争强好胜的神色。

"是所田先生在聚会时说的，他们两个也知道。"她瞥了律子和稔一眼，"所田先生说有人在监视他。"

"监视？"武上皱眉道。

"嗯，他说外出时总感觉有人在跟踪他，好像是他女儿。"

"是所田一美小姐？"

"嗯，其实那天聚会之所以约在下午两点这样不上不下的时间，就是因为四月三日星期六一美小姐在补习班有考试。那场考试非常重要，所以他认为那段时间女儿肯定不会跟踪他的。"

律子和稔对视了一眼。

"这是真的吗？"武上问他们两个。

"嗯，差不多吧。"

"他好像是说过这件事。"

"在车站前碰头的时候，他看起来非常不安。他说要是女儿跟过来就麻烦了。"律子看着自己的指甲说道，"当时我就想，真是对不幸的父女啊。所田先生的女儿一美小姐性格真的这么恶劣吗？"

武上没有回答律子，而是对佳惠问道："即使所田先生的女儿一美小姐在意父亲的行动，那也只是一美小姐单方面的问题，我想这不能构成怀疑所田太太的依据。"

佳惠显得很不耐烦，急躁地说道："我的意思是，说不定是他太太指使女儿调查他。"

"这太不合情理了。"

"可是女人就是会这么做啊。所田先生花心的毛病，他太太不是很清楚吗？她既然知道，心里肯定气得不行，但只能假装原谅他，因为要顾及面子，不可能自己去调查丈夫平时的行踪吧？所以就派女儿去了。"

佳惠一脸自信，口气也尖刻起来。

"他女儿大概也全力配合吧，女孩子总会站在妈妈这边。而且听说一美小姐还偷看过所田先生电脑里的东西呢。所田先生说他早就发现了，不过想看看女儿的反应，就装作不知情，任由女儿看。"

"你是说，所田一美小姐知道自己的父亲和你们几个在一起玩'家庭游戏'的事？"

佳惠得意扬扬地抬起下巴说："没错啊，所以聚会那天他才担心万一女儿或太太找上门来该怎么办。所田一美小姐知道我们的事，既然知道，她大概也觉得心里不怎么舒服吧。"

"骗人。"

不知何时，一美重新转过身面向单面透视镜，双臂用力地环抱住身体，脖子上青筋凸显。

"骗人。"一美又重复了一遍，甩动仿佛流水般倾泻在肩头的栗色长发，头发拍打着脸颊，来回晃动。

"全是骗人的！"

"一美小姐——"

"我不知道！我什么都不知道！她骗人、骗人、骗人、骗人！"

"我有一个问题。"

武上慢慢调整坐姿，将重心靠在椅背上，随后看着眼前三个人的脸。

"所田良介先生的独生女一美小姐，他的亲生女儿，他现实中有血缘关系的孩子。"

稔盯着桌面，紧抿双唇，导致下嘴唇都快看不见了。律子看着武上，佳惠则别开头，视线转向窗外。

"这位一美小姐一直在观察所田先生与你们在网上组建的'家庭'，而所田先生也意识到了她的行为。你们确实听他这么说过，是吗？"

律子点了点头。

"他还说，自己明知道女儿已经发现，却因为想看看她的反应，所以故意装作不知情。"

律子又一次点点头，垂下目光。

"后来他还向你们坦承自己的家庭生活不如意，与妻子和女儿之间的关系相当冷淡，所以感觉很孤独。"

武上停顿了片刻，又开口道："在我看来，这是非常自私的借口。"

佳惠终于眨巴了一下眼睛,但依旧固执地别过头。

"当然,这是个鸡生蛋还是蛋生鸡的问题。"武上继续道,"或许是因为家人关系冷漠,所田先生才会有外遇,才会在网络上寻找自己理想的对象,玩'家庭游戏'。又或许是因为他做出这么自私的举动,才会导致家庭失去温暖。哪种情况发生在先,现在还不得而知,也或许只是看问题的角度不同,这两种情况也有可能是同时发生的。"

"我……"律子小声开口,但很快欲言又止。

"所田先生自己大概没意识到自己对妻子和女儿做出了多么自私而又残忍的事情,这就是所谓的当局者迷。"

"在网络上玩'过家家'游戏就真的那么自私残忍吗?"佳惠气势汹汹地反驳道,"我们又不可能真的变成所田先生的家人,只是在演戏而已。而且我们也只是在网络上交流,假想大家是一个虚拟的家庭,各自扮演不同的角色。这件事有这么过分吗?"

武上缓缓摇了摇头。

"不,这件事本身既不自私也不残忍,每个人多少都需要幻想的空间。"

"那不就得了。"

"但是如果它影响到了现实生活,就另当别论了。"

佳惠显得很反感,律子的头却垂得越来越低。

"当所田先生的行为被一美小姐发现时,他就应该停止了。但他并没有这么做。后来,他本来还有一次刹车的机会,不是别的,就是那天的网友聚会。就在他在与你们碰头,抱怨自己对现实生活的不满,把一美小姐偷看他电脑的事告诉你们的那一刻。"

"加原小姐……"武上唤她,"所田一美小姐的年纪跟你差不多,这个你知道吗?"

律子没有回应。

"当你与所田先生见面,听他抱怨这些的时候,就没有任何感觉吗?即使你们只是在玩虚拟'理想家庭'的游戏,你不觉得他不该让一美小姐看到这一切吗?你不能设身处地站在一美小姐的立场上,体会她的感受吗?"

"但是我……"

"你自己也说过,你不满父母对你毫不关心,没错吧?"武上继续道,"假设你发现父母不但对你毫不关心,还找来一个陌生人扮演乖女儿,自己也扮演着称职父母的角色,你会有什么感受?你不会难过,不会生气?你会如何反应?"

稔微微挪动了一下身子,说:"所以我才不想玩下去了。"

武上沉默地看着他,稔也看着武上,不过没坚持多久他就别开了目光。

"我觉得这种事……不太好。"稔说。

"你有没有对所田先生说过你的想法?"

"没有说。"

"为什么?"

"因为我们之间的关系没那么亲密。"

"你们不是'家人'吗?"

稔抽动了一下嘴角,笑了出来。"才怪。说到底,只是互相都能得到好处的游戏罢了。"

"得到好处？"

"就是上网时能有个好心情。我只是想有个姐姐或妹妹，也想要个偶尔可以谈谈心的爸爸。就只是这样而已……"稔的声音渐渐小了下去，"可是最后不仅没有得到我想要的，反而惹来了麻烦。所以我打算不玩了。"

全是借口，他后面的话几乎都听不清了。

"你呢？"武上问律子，"你在聚会后并没有任何改变，仍然继续进行这个'家庭游戏'，是吧？"

"因为……这很重要啊。"

"对你而言是很重要。"

"因为现实中我无法得到这样的家人，我跟父母相处得也不好，这是真的。"

"所以你不会考虑所田一美小姐的感受？"

律子理了一下头发，点点头道："因为她不在场啊，我们也没见过面，不知道她是怎样的一个人。其实，我们根本不确定是不是真的有一美这样一个女孩儿。"

"但是所田先生不是已经告诉你们了？"

"我们怎么知道那是不是真的？网络上许多事情都真假难辨，就算通过网友聚会见了面，也没法完全摸清一个人的底细。"

"所以你们怀疑所田先生编出了那些话。"

"不错……这么想会比较轻松。"

"只要你们这些'家人'能够轻松地相处就满足了，因此互相可以保持一定的距离，这就是网络世界吧？"

"刑警先生，你似乎对网络世界有偏见。"

佳惠突然开口插了进来。

"即使是在网络世界里建立起来的人际关系，也与现实生活中的一样，有其存在价值和温暖。网络世界并不光有荒唐和虚假，正因为看不到彼此，才能够抛弃自己的身份和立场，展示自己的内心世界，说出真心话，并最终培育出真正的感情。"

稔唾弃似的说："你还真敢说，老女人！"

"你给我闭嘴，网络对你来说大概只是个恶作剧捣乱的地方，对我可不一样！"

"我哪有捣过乱！这句话原封不动地还给你。我的意思是，你根本没资格谈这种大道理，懂不懂，老女人？"

佳惠猛拍桌子。"你干什么开口闭口都是'老女人'！我可是有名字的！"

"因为你就是老女人啊，我说错了吗？哦，对了，你还不是普通的老女人，而是欲求不满的老太婆，只是在到处发泄自己的欲求不满。"

"什么欲求不满！"佳惠像恶犬一样咆哮道，"就是因为有你这种歧视女性的人，让我们受了多少委屈，你有没有想过？只不过因为我们不再年轻，没有丈夫，也没有孩子，就不把我们当人看，你有没有考虑过我们这些女人的感受？"

她的唾沫飞溅到了武上身边。

"我打从心底里厌恶这样的现实社会！我已经筋疲力尽，可还是得生活下去，不工作就没有饭吃。我知道公司里的人都嫌弃我，但要是辞职，以后我该怎么办？有什么地方可去？"

律子睁大了眼睛，目瞪口呆地看着佳惠。

"我想要个避风港,所以当'妈妈'那阵子我很开心,非常开心。就算只是在网络世界也无所谓,我感觉自己的人生好像发生了改变,光这样就很幸福。"

所以,她不会考虑,也无法体会所田一美的心情。不仅如此,她还打算跳出网络世界,接近现实生活中的所田先生——

"我还不熟悉网络世界,所以谈不上对它抱有偏见。"武上看着脸颊涨红的佳惠,平静地说,"不过,我可以理解,只要有媒介,就会产生人际关系,正如同现实社会中混杂着真实和谎言一样,网络世界也充斥着虚假和真实……至少这点我可以理解。"

佳惠用手指擦拭着眼角,依旧执拗地说:"我们之间的关系是真实的。"

稔和律子都不发一言。

"如果——只是如果,"武上竖起食指按在自己的鼻尖上,"在案件发生前,所田一美小姐就发现了你们,并找上门来,你们会怎么做?"

三人陷入沉默,最后律子终于开口了:"真的有这么一个人?"

"当然有,她是活生生的人。"

三人再度沉默不语。

武上等待秒针绕了一周之后,叹息着宣布:"感谢你们的配合,今天就到此为止,可以回去了。"

所田一美在哭泣。

她的左眼流下一行泪水,右眼也是,两行泪水突如其来地淌下，滑过脸颊。由于她一直伫立不动，泪水沿着下巴直接滴落到了她的凉鞋鞋面上。

她仍然用双臂环抱着自己的身体，虽然在哭泣，但或许本人都没有意识到。

"一美小姐？"

千佳子搂着她的肩膀。一美的嘴角在颤抖，不知会吐露出怎样的话语？希望是我们期待的那句话，希望一切都到此结束。千佳子在心里祈祷。

但一美只是说："我想回家。"

千佳子觉得浑身无力，极度的悲伤让她感觉眼前仿佛瞬间变得一片昏暗。

"能不能再等一会儿？"

"我想回家。"

"还有最后一位证人想让你见见。"

千佳子留下一美走向侦讯室，脚步很沉重，连背影也变得沉重。

开门后，武上一见到千佳子的脸，就立刻将手伸到桌下关掉了麦克风。千佳子摇了摇头，简短地说："请传唤他吧。"

武上冲德永点头示意。

德永伸手去拿电话，动作有些犹豫。但他并没有看武上，只是踌躇了一下，随后立刻下定了决心，迅速抓起了话筒。

然而，他的侧脸表情十分严峻。

（"这就叫'跟孩子掰手腕——不费吹灰之力'，是吧？"）

武上想起德永说过的这句话，心想：是啊，年轻人，只要有必要，即使是跟孩子掰手腕也在所不惜，这就是我们的任务。"

他的神色比武上想象中的更加不安。有一名巡警陪着他，再加上鸟居用手撑着他的腰部。他比一七五的鸟居还要高出一个头，头发染成与所田一美类似的明亮色调，发型仿佛刚睡醒的孩子一样蓬松凌乱。他脚上穿着一双运动拖鞋，脚趾抵着侦讯室内平整的地板，踉跄了一下。

武上起身迎接他。

"你就是石黑吧？石黑达也？"

年轻人点了好几次头，下巴不住地抖动，眼眶泛红，双手握拳捶打着身体侧面。

"你终于下定决心，愿意出面了。"

石黑的脑袋低低地垂着，不断晃动，不知是为了何事。是否定还是肯定，是感到混乱还是悲叹？在他未出声前，谁都无法判断。

"请、请让我见见一美。"

他的声音在颤抖，充满了牵挂和痛苦，之前来到此地的任何一个人都从未发出过这样的声音。

"我想见一美。她在这里吧？请让我见见她。我们已经……"

"骗人。"所田一美这么说道。这已经是她第几次重复这句话了呢？骗人、骗人、骗人。对一美来说一切都是骗人的，每个人对她所说的都是谎言。

千佳子什么也没说，只是站在她背后，凝视着她。

"为什么……"

一美双手撑着单面透视镜呢喃。

"为什么？为什么？不是说好不要放弃的吗？不是说好要坚持下去的吗？为什么啊！"

她用双手用力拍打镜面。一次、两次、三次。千佳子冲上去把她从镜子前拉开。但一美仍然挥舞着双手，试图捶打镜面。

镜子对面的石黑达也察觉到了这边的动静，他靠近镜子，伸出比一美粗壮得多的双手，紧紧地压在镜面上。

"一美——"

从麦克风里传来的声音在整个房间内回荡。

"一美，放弃吧！"

一美仍在继续挣扎，椅子翻倒在地，小包飞了出去。一名警员打开门冲了进来，千佳子用严厉的目光制止他，独自抱住一美。

"算了，放弃吧。"石黑达也哭了出来，他的双手依旧撑在镜子上，低头哭泣，"已经撑不下去了。一美，放弃吧，好吗？一切都结束了，让我们结束吧。"

一美被千佳子的手臂箍住，身子渐渐瘫软下去。她低垂着头，屈膝缩肩，仿佛竭尽所能地将身体压缩，蜷成一团。

千佳子紧紧拥着她的身体，好像母亲在世界末日到来时拥抱孩子那样，紧紧地抱着她。

4/4 10:39
发信人：kazumi
主题：要再见面哦

早上好！大家起床了吗？今天早上我是第一个到的吗？

昨天很开心！对了，大家有没有注意到？我们隔壁桌的年轻人们把我们当成真的一家人了。

他们的表情好像在说：你们一家人干吗黏成那样啊。但是看起来似乎有点羡慕我们哦。

认识大家后，我觉得越来越有意思了。下次一定要再见面哦！

第十五章

所田一美的泪水已经干了。

她的眼神没有焦点，既没有看身边的石津千佳子和对面的武上，也没有望着墙壁、窗户、椅子，以及自称已彻底成为"布景"的德永。

更没有看着这个房间。

她只是凝视着空气，凝视着摆在膝盖上、自己的两个手掌掌心间所包围的空间。

"你感觉如何？"

武上想不到别的可说的，就问了这句话。那些侦讯老手遇到这种情况会怎么做呢？会对她说些什么呢？武上了解装订文件的技巧，懂得整理文件夹的方法，也知道详细现场勘察图的正确绘制方式，对于各种法院执行申请书的格式更是倒背如流，拟写公文也能够信手拈来。

然而，武上没有掌握侦讯官的语言，这些语言就像埋在过去他未能选择的人生岔路上的宝藏一样，事到如今再去挖掘它们为时已晚，只能把手磨出水泡。

就在短短三十分钟以前，这间侦讯室内还充满了看不见的各种情绪，它们有的轻飘飘地浮在半空，有的缠绕在武上的脖子上，有的蜷缩在他脚边，还有的贴在窗格子上试图逃出去。

但是现在，它们都失去了浮力，失去了驱动它们的能量，纷纷掉落在地。如果武上能看得到，如今地板上应该满是情感的残骸，淹没了他的鞋子，仿佛翅膀占去身躯九成的脆弱蝴蝶的尸体，僵硬、冰冷地坠落在地板上。

所以，如今的侦讯室内已一无所有。一无所有的空间里一切都是死亡的，唯有一美掌心里还保留着一丝生气。

但愿她不要捏碎这份生机。

"达也呢？"

一美说话了，但嘴唇几乎没动。由于她的表情毫无变化，武上一瞬间以为自己听错了，以为自己太希望一美开口而出现了幻听。

"达也在哪里？"

一美又问了一遍，这次她的睫毛微微颤动，视线则依然停留在掌心，像是在对着双手之中的空间询问。

石津千佳子无言地看了看武上，然后说道："他在另一间侦讯室。"

一美听到这个答案后并没有回应，脸上还是一片恍惚，随后她说："让他回家吧。"

武上稍稍向前倾身，拉近与一美之间的距离。

"为什么呢？"

"因为跟他没关系啊。"

"跟他没关系？"

"他只是被我连累了。"

"他自己好像不这么认为。"

一美突然抬起双眼，盯着侦讯室墙壁上的单面透视镜。"那边现在还有人吗？"

"没人了。"

"你们肯定又在骗我。"

"不，没有骗你，要不要去确认一下？"

一美露出些许犹豫的神色，肩膀动了一下。

武上的回应很认真，没有丝毫心虚。

"要不要过去看看？"

千佳子作势起身，但一美摇摇头。"不，算了。"

她再度看着掌心。武上心想，如果我站到她背后跟着一起窥探，能看到那里面有什么吗？

"真的不用你妈妈陪同吗？"千佳子问道，她一开始就问过需不需要所田春惠在场，但一美立刻拒绝了。

"不用，不需要。"她低声呢喃，"我一个人可以。"

"刑警先生。"

"嗯？"

"你们是从什么时候开始怀疑我的？"

"你想知道？"

"对，告诉我吧。"

"你知道了也许会很痛苦。"

"没关系，都到了这个地步，"她说话的尾音突然变得沙哑，气息也有些紊乱，"不用考虑我的感受，我更想知道是在哪里露出马脚的。"

千佳子垂下目光，此时她站在一美身边，乍看之下两人就像一对亲生母女。

"我们很早就发现你在偷看你父亲的电脑，"武上说，"事实上，在调查硬盘里的内容之前就发现了。"

一美的鼻尖动了一下，若是成年人也许会挤出皱纹吧，不过在这个年轻女孩儿的肌肤上显然是看不到的。

"因为我们采集过你的指纹，还记得吗？我们也请你母亲配合了。在调查你父亲的随身物品上的指纹时，必须先要排除家属的指纹。"

"啊，我想起来了。"

"你手上还沾了黑色墨水呢。"

"怎么洗都洗不掉。"

"是啊。我们在现场调查时，如果不小心碰到了物品，也一样会被要求采集指纹，我觉得很麻烦。"

"爸爸的电脑上是不是到处都有我的指纹？"

"确实是这样的，而且所田先生根本没对电脑加设保护措施。只要有心，谁都可以查看他的电脑……嗯，因此我们就做了这个假设。"

尽管如此，警方还是没料到所田先生明知女儿偷看了他的电脑，却刻意不阻止她。

"我根本没在意指纹的事，"一美平静地说，"我觉得反正那是家里的东西，有指纹没什么大不了的。"

"的确，我们也这么想。很多家庭电脑都是公用的，所以当时并没有人怀疑你。事实上就在不久之前，也没有任何人想到把你当作调查对象。"

一美似乎感到相当意外，她抬起头看了看武上。

她今天刚来到这个地方时，对一切还毫不知情，武上他们也不了解她。然而此时，她的表情与当时有了很大的不同，缺少了很多情绪。那些一眼就能看出来缺少了的情绪，是紧张、亢奋和警惕。

更重要的是，少了愤怒。

"刚开始调查的时候，我们曾一度怀疑你母亲。"

一美点点头道："我妈妈也说过警方怀疑她，她觉得这也是没办法的事，只是很无奈。"

"是啊，更何况还有个今井直子，你母亲肯定是头号怀疑对象。"

"可是，我妈妈没被叫到侦讯室，一次也没有。"

"不错，要说理由的话，其中之一就是所田先生命案的报案人深田富子女士提供了目击证词。你认识深田女士吗？是你们小区的一位大婶。"

"不认识……"

"我想也是，你们这个年纪根本不会参与社区活动，不过你的父母就不同了。深田富子女士跟你的母亲很熟。尽管当时天色昏暗，距离也远，但如果在案发现场掀起塑料布的人是所田春惠女士的话，她还是很容易就能认出的。"

"啊，原来如此，"一美咕哝道，"原来谜底这么无聊。"

"而且，不管我们再怎么调查、询问你母亲，也无法证实她知道你父亲与今井直子的关系。当我们告诉你母亲，她丈夫在与女大学生交往时，她并没有表现得很惊讶，一开始我们也起了疑心，然而……"

武上字斟句酌地说:"对于你父亲与其他女性交往这件事,你父母似乎很早以前就达成了共识,不再就此事争论。我们后来了解到了这一点。虽然这种情况很少见,不过也不是不能理解。因此我们很难想象所田春惠女士会突然杀死今井直子和自己的丈夫。"

"所以我妈妈的嫌疑被排除了?"

"正是如此。"

"她那种消极的人生态度偶尔也能派上用场呢。"

这句话里并无讥讽的意味,一美似乎只是单纯地发表看法。

"你母亲有她的生活方式,你父亲也是,他们应该是对彼此的生活方式认同了吧。"

面对这句话,一美毫无回应。

"况且,我们后来很快就找到了别的嫌疑人。"武上保持着温和的语气继续道,"你应该也知道,今井直子以前和一名女性在感情问题上发生过纠纷,因此那名女性成了头号嫌疑人,我们把调查重点转移到了她身上。"

"就是那个'Ａ子'吧?"一美说,"这样看来,幸好她一直被叫作'Ａ子',要不然大家还会责怪警方呢。"

"与其责怪警方,倒不如说那是媒体报道的问题。"

"以后我就成'Ａ子'了。"一美微微一笑,"'少女Ａ'怎么样?"

没人附和她跟着一起笑,一美独自笑了一会儿,又恢复了沉默。

"要喝点什么吗?"

"不用了。对了,刑警先生。"

"怎么了？"

"你们是什么时候……查到那些人的？"

"哪些人？"

"那几个网友啊。"

"他们不是我负责搜查的，不过据说掌握了邮箱地址后，没费多大工夫就找到他们了。只是还必须处理许多手续。算起来，大概在命案发生后一星期左右吧。"

"这样啊……"一美依旧注视着自己的掌心，"这就是警察吧，只要想找，花点时间和工夫就能找到。"

对于此事，武上有些话很想对她说，但他选择等待，等着一美继续往下说。

"那个三田佳惠……"

"嗯。"

"其他两个人都怀疑她，刑警先生，你们就一点都没怀疑过她吗？"

"我们怀疑过。"

"那么也调查过她了？"

"调查过，但我们很快发现，所田先生命案发生时，她有牢不可破的不在场证明。"

一美睁大眼睛。"啊，原来如此。"

"没错，当时她被公司派去大阪进修，行程是三天两夜，所以她在案发前一天就离开了东京。"

"我根本没想过什么不在场证明。"

"一般人都不会想到。而且她的运气不错，通常案件中的嫌疑人很少能像她那样提供明确的不在场证明。"

"哦……"一美像小学生似的回应道,"所以,由于没有其他嫌疑人,你们就一直针对 A 子一个人吗?"

"嗯……"

"那我不是压根就没有出场的机会嘛。哦,不对,不该说'出场的机会'。"

"你很聪明呢。"

"嗯,我成绩不差。"一美承认,表情没什么变化,"而且我讨厌笨蛋。"

"是吗?"

"我最痛恨不会动脑筋的家伙,所以我也讨厌妈妈。"

武上看了一眼千佳子,千佳子正在窥探一美的掌心。武上心想,看到什么东西了吗?是老妈吗?

"其实啊,"武上坐正身子道,"今天我是临时顶替别人的。"

"顶替?"

"是的,今天应该坐在这里的本来是另一位刑警,他对我而言是相当资深的前辈……"

他是这次案件走向的主导人。

"这位刑警是搜查本部里第一个站在你的角度思考案情的人。"

"站在我的角度?"

"不错。"

"他怎么知道我在想什么?"

一美的这句疑问里又带上了之前没有的情绪。武上仿佛看到有一个长翅膀的小东西从她的掌心里飘出来,落在了她的肩膀上。

"这位刑警姓中本,我们管他叫阿中。"武上说道,"有一次,阿中对我说:'武上,为什么没有人发现呢?为什么没有人注意到这一点呢?我们不是在找有杀害所田良介动机的人吗?不是在找对所田良介抱有强烈的情感以至于最终杀害他的人吗?'

"'这样人不就在我们眼前吗,'中本是这么说的,'所田良介不是有个会偷看他电脑的女儿吗?'

"'如果我是那个叫一美的女孩儿,我一定会生气,非常生气。这种事教人怎么能忍得了呢?'阿中他这样对我说。

"听说所田良介和一美处于冷战状态?这本来没什么大不了的,家里有个正值青春期的孩子,一般都会经历这种情况。但是所田良介的情况不同,什么只是在网络上交流、互通信息、玩玩而已,这样的借口根本行不通。所田良介找了个跟女儿同名的女孩儿,跟这个女孩儿玩过家家,还被自己女儿发现了。这绝不是正常父母会做的事。遇到这种父母,谁能受得了?肯定受不了。本部的家伙,为什么谁都没注意到这一点呢?'

"'如果我是所田一美,我一定会气到发疯。'阿中是这么说的。"

一美瞪大眼睛,仍然凝视着掌心,但是她的双手在发抖,几乎已紧握成拳。

拜托你不要把它捏碎,武上在心里祈祷,松开手指,释放它吧。

"然而,一美无法把愤怒直接发泄到父亲身上,这么做就等于对父亲认输。这就是所田良介的目的。'你果然还是爸爸的女儿,爸爸去找别人你会寂寞。但你还是爸爸的好女儿,所以还是会听爸爸的话对吧？乖孩子，你懂了就好。'他就是想说这些话，所以才会去做那些事。"

这就是所田良介的生活方式。他所建立的人际关系，都是围绕着他的。中心永远是他，他寻求的是甘愿当卫星的人。

然而，一美虽然是与他血脉相连的第一个孩子，却以自己的意志否定父亲的行为，试图脱离他的掌控。

即使这只是一个身处青春期的孩子常有的行为。

但是所田良介无法接受，他驯服了妻子，也认为自己可以驯服女儿。因此，他用了极为恶毒的方式，想把一美控制住。

这个做法却是一美最不希望看到的。

"如果我是所田一美，我会伤心、难过，但也想知道真相。我会这么想：到底是什么人跟我父亲合谋想出如此过分的手段？在看不见对方的脸、不知道彼此身份的虚拟空间里，到底是什么人跟我父亲一起玩这种令人作呕的假想游戏？我无法忍受被蒙在鼓里，我一定要查明真相，找出这些人，我要在现实世界里给他们致命一击。"

武上把中本的话一五一十地告诉一美。

"这两起杀人案就是在这个过程中发生的不幸'事故'吧？阿中是这么认为的。可是搜查本部无法采纳他的意见。那些警官都是死脑筋，难以理解这样的动机。套到 A 子头上的是所谓的男女感情纠纷这种老套的动机，当然更容易理解。"

武上一停口，侦讯室立刻恢复了寂静。然而，武上还是能听到刚才一直被一美握在掌心中的情绪，沙沙地拍打着翅膀飞了出去。

一美也听见了吧？应该比武上听得更清楚。她的头微微倾斜，眯起眼睛，似乎在倾听从自己体内飞出的情感发出的拍打翅膀的声音。随后她缓缓开口道："我搞错了。"

搞错了人。

"我……一直在监视爸爸。"

"果然是这样啊。"

"他们聚会那天也是，我考试考到一半偷偷溜出来，去了新宿。到那里就能找到他们四个人，一次看到他们所有人，认清他们的长相。我还打算闯进聚会。"

武上深深地点了点头。

"但最后还是没赶上，我找不到他们。我一想到错失了这么好的机会，就后悔焦急得不行。"

"不能等到下一次聚会吗？"

"确实应该这么做。不过我太心急，等不了。于是，我开始跟踪爸爸。可是刑警先生，这真是太难了。"

一美直视着武上，像小孩子似的说道。

"什么太难了？"

"跟踪人啊。"

"哦，原来如此。"

"工作日没办法，周末爸爸出门的时候我尝试过几次，但不是跟丢了，就是差点儿被发现，只好放弃了。"

"嗯，我明白。"

"只有一次成功了，就是爸爸去'宝石卡拉OK'的时候。"

她就在那里目击到了所田良介与今井直子亲密交流的景象。

"我当时……认定她就是'kazumi',我深信绝对不会搞错。"

因为所田良介曾发邮件对 kazumi 说"很想再见面"。

"那天我只确认了她的姓名和在那边打工的情况,后来……"

她再度造访,与石黑达也一起。

"我把所有的事都告诉了石黑,他非常关心我,所以陪我一起去了。"

"他当时穿着千禧之蓝的外套吧?"

"是的,"一美用手指抠着嘴角,"他在二手商店里买的,不过因为颜色太花哨,他不喜欢,所以一直没穿。但那天晚上穿来了。"

一美的语气变得含糊不清。

"他肯定是觉得这次不是出去玩,就找了平时不怎么穿的衣服。"

"见到对方后,你原本打算做什么?"

"我想,不管怎样先把她带出去再说,我准备好好和她谈一谈。"

"对方应该不怎么愿意。"

"她当然不愿意。不过,就算是强迫,我也要把她带出去。所以……我带了绳子。"一美闭上眼睛,"我妈妈习惯把不舍得丢掉的塑料绳卷好收起来。我就带了那些绳子,因为也许需要用绳子绑住她。"

"见面之后,你觉得如何?"

"是个讨厌的女人。"

"是吗?"

"我跟她说了几句话,就发现她不是那个'kazumi'。但她在跟我爸爸交往,而且还认识我。"

"今井直子认识你?"

"对，她说看过我的照片，是爸爸给她看的。"

——哎，原来你就是一美啊。

"她笑了。"一美依旧低垂着头，睁大双眼，"她看着我、指着我的脸，然后笑了。"

——有什么好笑的？她在笑什么？这女人和我爸爸，到底有哪些可以共同嘲笑的对象？

"我打了她。可能是太用力了，她跌倒了，随后打算逃跑，脸色也变了。但是我……我……"

一美握紧拳头，然而掌心里已没有任何东西可以让她捏碎。一美内心的碎片都从指缝中溜了出去，不断飞舞，仿佛一股无形的湍流喷射到空中。

"是我杀了她。"一美小声说，"石黑没有动手。"

千佳子微微摇了摇头。

"爸爸发现了。"

一美再度握紧拳头，但那股湍流已经停止。她双眼凝视着半空，仿佛在观看从自己内心涌出的情感。

"他知道是我杀了今井直子。算是……可能算是他的直觉吧。我从他的态度中看出来了。所以那天晚上，我主动提出约他到那栋在建中的住宅楼附近谈。我说不想在家里谈，不想让妈妈担心。"

"然后你又找了石黑一起去？"

一美的嘴角扭曲，重重地点了点头。

"很抱歉。"

这句话应该是对不在场的石黑达也说的。

"那把水果刀是谁的？"

"买来的。"

"你买的吗?"

"没错。"

"为什么?"

"我想……我想反抗爸爸。"

"你怕被他打吗?"

"不,但我担心会被警察带走。"

"你想与父亲好好谈谈,把自己的感受告诉他,但是不打算向警方自首?"

"因为我觉得爸爸不会告诉我。"

"告诉你什么?"

"kazumi 他们的身份。"

"在今井直子的命案发生后,你还是想问出他们的身份?"

一美沉默了,在这一瞬间,武上发现了她内心的一些东西,恐怕连她自己都没注意到,那是好强、恶意和憎恨,绝不原谅他人的本性。

"我是为了找出 kazumi 他们才走上这条路的。"所田一美丝毫不动摇地说,"我要把他们找到,看着他们的脸,对他们说:'都是因为你们玩弄我,我才会杀人。'我也要让我爸爸在旁边看着。那天,我打算即使用上威胁的手段,也要让爸爸带我去见他们。"

难道她就不能从那个位置,或者那个时刻,稍微挪动半步吗?难道她就不能转动一下身子,从别的角度来看看问题吗?

"但是爸爸说他要保护我。"泪水从一美的右眼中滴落,"'你是爸爸的女儿,爸爸不保护你还去保护谁呢?你不要向警察自首,今井直子的事就算了,当作一场噩梦忘了吧。'"

爸爸会保护你。

"真是个傻瓜。"

泪水止不住地落下。

"爸爸什么都不明白,他一点都没改变,净尽说些在网上对kazumi说过的话,想用对付kazumi的方式来对付我。他一定以为我杀了人,心里难受,变得软弱了,所以可以像对待kazumi那样来对待我了,他一定是这么想的!"

所以我杀了他。

"刑警先生。"

"嗯?"

"你们认为把我叫到这里来,再把kazumi他们带到我面前,我就一定会联络石黑。这也是那个叫中本的人想出来的吗?"

"是的。"

"你们就没想过是我一个人做的吗?"

"没想过。因为我们看到你对石黑很依赖,而且还听说你在命案发生后,告诉石黑你要'报复他们'、'杀了他们'。"

所田春惠把这些话解读为一美对未知凶手所表达的愤怒。

"亲人遭到犯罪分子杀害,家属通常不会立刻表现出愤怒。就像你母亲那样。"

"是吗……"

"我不认为一个女孩子可以单独杀人。这两起命案,我没想过是你一人所为。"

一美的脸颊上淌着泪水,她偏过头问:"可是,我不一定会在这里给石黑打电话啊。"

"但你还是这么做了。"

"不错……但那是因为你们念出 kazumi 他们的姓名和身份时，我如果记下来，你们一定会起疑的。"

"所以你发短信给他了吧？"

"嗯。"

"猜到了你会这么做，不过不是我猜到的，而是中本。"

——这个年纪的孩子不会用纸笔，只要让他们拿着手机，他们就会立刻使用。

"所以你们监视了石黑？"

"是的。"

"你们认为他会心虚害怕？"

"是的。"武上说，"但你还是不肯放弃，你想知道 kazumi 他们的真实身份，想掌握他们在现实生活中的信息，对吧？"

"当然。"

"所以，当我们查到所田先生在网上组建了一个虚拟家庭后，你就突然提出那些目击证词，是吧？"

"那是因为……"

"因为你说了那些证词，我们就会去找出 kazumi 他们。"

"事实上你们也确实帮我找到了。"

"是啊，找到了。在这一点上，你的推测是正确的。"

"跟踪狂的事……是我胡说的。"

"你说这事是为了扰乱侦查方向吧？"

"嗯，当时我还不知道 A 子的存在，我担心自己会被怀疑。"

"原来如此。"

"不过你们都相信了我的话，还提供警卫保护我。"一美的目光中露出羞愧的神色，"所以我想，只要我的谎话让人信服，你们肯定会帮我找出 kazumi 他们的。"

"但是你在别的方面出现了严重的失误。"

"别的方面？"

"石黑已经无法再配合下去了。"

一美紧紧咬住嘴唇，唇色几乎变成白色。

"光是你被警察传唤就已经让他很不安了。这时候你又把 kazumi 他们的身份告诉了他，然而他已经想放弃了，打算让一切到此为止。"

"可是，只要那件外套没被找到，就不会有事。"一美的眼中闪现出锐利的光芒，"如果外套没找到，他就能坚持下去。"

"真的吗……"

虽说今天找到外套确实纯属侥幸，但即使没有找到，中本也计划在"侦讯"过程中提出假的目击证词，声称有人看到石黑达也穿着蓝色的大衣。

——不过，说实话我也不愿意撒这种谎啊。

中本为此事感到相当烦恼，因为撒这样的慌正好完全暴露了计划中的漏洞。虽然刑警对嫌疑人说谎不算少见，但中本常年不接触侦讯工作，早已不适应这种做法。

正因为如此，众人才会认为找到外套是中本执念的结果。

"刑警先生们使用手段引我上钩，是吧？我落入了你们的圈套。"

武上说不出"你说得太难听了"这样的话，因为事实上确实如此。

"不过，你们可能有点太乐观了。"

"什么意思？"

"我还没有消气呢，说不定我还不准备放弃哦，我没有原谅他们。"

"你是说 kazumi 他们？"

"是啊，我还没成年，人生还很长。只要我重获自由，很有可能再去找他们。要是这样，你们警察可就责任重大了。"

这个孩子不肯示弱。武上虽然这么想，但心情还是跌落到了谷底。

真是讽刺。所田一美酷似她的父亲，只相信自己，凡事只靠自己，为了达到自己的目的，可以不择手段。

这是如今的潮流吗？全部都是自己、自己、自己。在这个时代，每个人都在不顾一切地寻求自我。于是有的人变得自负，过于以自我为中心，不达到目的誓不罢休，甚至不顾周遭人的感受，这也是不可避免的吧？

"他们并不是本人。"武上说，"这也是我们有意设计的。"

一种完全被吓到的表情在一美的脸上扩散开来。"你说什么？"

"那三个人都是警察，kazumi 和 minoru 都是由刚入职的新人扮演的，其实我们一直有点担心，怕他们看上去不像十几岁的青少年。"

他们在侦讯室里讲的证词内容，是根据真正的 kazumi、minoru 和"妈妈"提供的证词整理并重新编排而成的，所以都是真实的。但除此之外，其他都是虚构的。

"当然姓名、住址和经历也都是假的,所以,情况毫无变化,你还是无法找到真正的 kazumi、minoru 他们。"

不,还是找不到更好,最好忘了这些事。不管是谁,用什么样的方式,在过去的任何时候,只要有人对一美说这样的话,或许就不会造成如今的局面。

"可是……"一美从椅子上站了起来,"那封邮件呢?我爸爸寄给三田佳惠的邮件。我也看过,那不是虚构捏造的,你们不可能编得出来,三田佳惠就是'妈妈'吧?"

千佳子代替武上回答:"三田佳惠小姐不是'妈妈'。"

"那她到底是谁?"

"她就是'A子'。"

一美用双手捂住了脸。

"我想三田小姐对你父亲抱有很复杂的情绪,但她为了解决与今井直子小姐之间的纠纷,最终还是去找你父亲商量了。那封邮件就是所田先生回复她的。"

一美很可能看过那封邮件,因此必须将三田佳惠的名字巧妙地穿插进今天的这出戏中。中本在设计剧本时,在这个问题上可花了不少心思。

"你知道你父亲与三田小姐认识的经过吗?"

所田先生对三田小姐说:"直子是很让人头疼的女孩儿,有什么需要的你可以找我商量。"然后递了自己的名片给她——

"三田小姐大概在反复思考后决定向他求助吧。要是站在怀疑她的角度来看,也可以把那封邮件解读为她试图接近所田先生,并把她的这个举动当作是杀害所田先生的间接证据……但是一美小姐，能不能请你试着这么想想看？"

一美呆若木鸡地放下双手，看起来根本没有听进去。

"你父亲身上确实有不少缺点，但对很多人来说，他很靠得住，这也是事实。三田小姐在那种情况下认识了你的父亲，却仍然愿意找他商量，这是不是可以证明，她在你父亲身上找到了可以让人依靠的温柔特质？"

"温柔？"一美扬起眉毛，似乎听到了不想听的话。

"对，一个人的缺点，反过来看有时候也会变成一种优点，你父亲是个温柔的人。"

"所以才说要保护我吗？"一美的口气里听不出一丝暖意，"开什么玩笑，我才不需要这种温柔。"

"那么，你要的是什么呢？"

没错，所田一美要的到底是什么呢？

"我要的是公正。"一美答道，"是正义。任何人为了一己私欲而伤害他人，都该得到应有的惩罚，就这么简单。这不是理所应当的事吗？我要的也只有这个。"

不管是谁，只要是背叛我、伤害我的人，我都绝不会放过他。

武上很想说，你要的不是正义，而是报复吧，但他没有开口。

其实本来没有必要使用这么复杂的计划，只要专攻石黑达也这一点，应该很容易就能使他动摇。武上当初是这么想的，他觉得通常男性都比较软弱，但中本不这么认为。

——我觉得在目前的情况下采用这种方式，反而可能会有不好的结果。

——为什么？

——所田一美意志坚强，她不会放过背叛自己的人，哪怕这个人是她的男友。

中本是这么说的。

——如果要设计让他们上钩，一定要两人同时进行，要不然就危险了。

"为什么？为什么？为什么？"武上想起一美当时一面这么尖叫一面敲打单面透视镜，想起她当时的动作和表情。

中本一眼就看穿了这一点。真的不考虑回归一线调查吗，阿中？

石津千佳子此前一直坐在一美身旁，一手托腮思考着。此时她忽然若有所思地轻轻点头，随即开口道："正义吗？说得好。"

她的语气一如既往地温和。

"不过，一美小姐，我认识一位女性，她比你更坚信公正正义，结果却害死了许多人。"

正是这起案件导致千佳子降职，武上作为相关人士还是第一次听她主动提起此事。此前，他连千佳子谈起此案的传言都没听到过。

"她和你一样年轻。"千佳子继续道，"可她的结局绝对称不上幸福。直到现在，我对那件事还是觉得非常后悔。"

"我绝不后悔。"一美说。

刚才那句"很抱歉"和现在这句话，到底哪句才是真心的呢？

一美离开侦讯室后，她留在这间房间内的话语仍然在武上耳边回响，他静静地思考着。

kazumi说过,她很享受网络世界里的"家庭游戏",有些东西只有在那里才能得到,因此她很珍惜。"妈妈"也说过,这个虚拟家庭能使她孤独的人生得到安慰。minoru虽然看不起那些"家人",但还是忍不住会关注他们,也许是因为他在那里找到了可以谈心的"老爸",他渴望有这样的家人的小小梦想,虽然没有完全实现,但在某种程度上还是达成了吧。

要是所田一美当初踏入网络世界,这一切会如何改变呢?武上脑海中忽然出现了这样的幻想。要是一美不让人看到她的长相,不让人听到她的声音,把自己安全地隐藏在网络昵称背后,要是她有机会倾诉自己的内心话呢?要是她能够掩饰那因愤怒而变得阴沉的眼神,因伤心和固执而变得扭曲的嘴角,仅以文字向别人发泄自己的情绪,一切又会有不一样的结局吗?

或许在网络世界里,有人会有更直接的行动力,能够取代被一美牵着鼻子走的石黑达也,完成他无法完成的任务。这个人不会受一美控制,与一美保持一定的距离从而不受她牵连,并扮演劝导她、抚慰她、理解她的愤怒的角色。

或许她还能遇见像中本那样了解她的人。

内线电话响了起来,一阵短暂的交流之后,德永说:"科长找你。"

"嗯。"

"哎呀呀,总算结束了。"武上伸了伸懒腰。

"石津女士还好吧?"

"她怎么了？"

"不，只是听到了她刚才的话。"德永耸耸肩，"她是不是还在想着那件案子？"

"唉，谁知道呢。"

"是嘛……"德永咕哝着，忽然想起了什么似的说，"对了，中本前辈的病情据说还是没什么起色。"

"刚才电话里说的？"

"嗯，秋津向医院打听过了。"

"真希望他早点醒来啊，我这个临时替演的要回到原来的岗位上了。"

大家共同演出的这出戏，总算到了落幕的时刻。但最重要的幕后策划人还要睡到什么时候呢？赶快康复，早日回来吧，听听我这个代演的奋斗经过。

不，在这之前，中本还是得先去见见所田一美。有些只有中本才能说得出的话，希望他能亲自对一美说。

"临时代演，感觉如何？"

"不适合我。"

"是吗，可是你做得很棒啊。"

"我把它当成演戏，才能完成侦讯。要是真的工作，还是没法做呀。"

我还是当个专业的资料整理人吧。

"那三个人也得好好犒劳一下，他们演得很卖力。"

"不错，就算今后他们一直在警界走下去，恐怕也不会有第二次这样的体验了。"

武上不怀好意地笑道:"尤其是三田佳惠,演得太出色了。"

"有吗?"

"你知道我们女人受了多少委屈吗?"武上模仿着她的台词,"以后你可不要再让她抱怨这种话了。"

德永不知为什么有些畏缩。"你听谁说的?"

"我要保护情报源。"

"真是的,你耳朵太长了。"

武上深吸一口气,从椅子上站了起来。好累啊——他心想。

德永也站起身来,他的动作比武上轻松很多,他忽然望着窗户的方向大声惊叹:"咦?"

武上回过头去。德永的手指着窗框,说:"有蝴蝶呢。是菜粉蝶。"

不知从何处飞来的白色蝴蝶栖在窗框上。

"春天到了啊。"

德永轻敲窗框,菜粉蝶轻盈地飞了起来,宛如白色的花瓣被风卷走一般逐渐远去。

而侦讯室的地板上落满了无数蝶翅般的情绪残骸。那是从一美掌心中飞出来的心的碎片,充斥着虚假与真实。在武上眼中,这幅画面与轻飘飘的蝴蝶翅膀融合在一起,它们无依无靠而又孤独,染出一片纯白。

"当我下地狱时……"德永用抑扬顿挫的声调喃喃自语,"我要带点什么东西,给等在那里的我的父母和友人。[①]"

[①]引自日本象征主义诗人西条八十的作品《蝶》。

"你又在引用什么诗词吗?"

"嗯,我以前读到过的一首诗。奇怪,为什么会突然想起来。"

我要带点什么东西——

"要带什么东西呢?"

"啊?我记得是……"德永思考片刻,说道,"苍白且破碎的蝴蝶尸骸……没错,难怪我会想起这首诗。"

把它们带给我的父母。

"在交给他们时,我会这么说。"德永继续背道,"我这一生,就像个孩子般,孤独地追寻着它。"

德永停下后,望了望天空,关上了窗户。

"走吧。"

武上拍拍他的肩膀。

"工作还没结束呢。"

后　记

　　本作品纯属虚构。故事情节以及作品中登场的所有人物、团体、现象等均为作者的想象。

　　这次是我第一次以文库本的形式发表作品。本书若以单行本的形式出版，页数稍显不足，若收入中短篇集，又嫌独立性过强而不合适。本书的内容可谓是"高不成低不就"，因此非常感谢集英社文库编辑部给我这个机会，让本书能以文库本这种形式诞生。特别是责任编辑山田裕树先生，能够听取我的许多无理要求，给了我许多照顾，真是非常感谢。

　　本书中虽然有好几位刑警出场，但最主要的两个还是武上刑警和石津刑警，他们分别在拙作《模仿犯》（小学馆）和《十字火焰》（光文社kappa novels）中首度出场。由于前两部作品的设定截然不同，因此本作品中由两人"共同出演"，老实说作为作者我还是有点抵触。但这次的角色在担任刑警的同时，还必须在一段时间内扮演侦讯室内的父母的角色，所以我重新考虑后还是认为这两个人比较合适，最终就让他们组合在一起再度登场了。

　　另外，本书中有部分非对话的记述性内容是虚构的，这严重违反了推理小说的基本原则。关于这一点，作为作者我实在是明知故犯，有些读者读到最后说不定会气得大骂"哎——骗人的！"，在此我先行向各位道歉，真是对不起了！

故事开头的引言来自《大辞泉》第一版第一次印刷（松村明主编，小学馆）。还有故事结尾德永刑警背诵的部分诗句摘自西条八十的作品《蝶》。

这首优美的诗歌是北村薰先生告诉我的。当时故事接近尾声，我正思考如何让人物形象有点薄弱的德永刑警说些特别的台词，这时候我收到了北村先生发来的传真，上面就写着这首《蝶》。哇，真是太合适了！我为此雀跃不已。收到诗的这一瞬间仿佛是一个奇迹般的时刻，简直无法用语言来表达。我在本书中以对话的形式引入了这首诗，并没有完整引用。想要进一步体会西条八十这首诗的读者，我推荐各位务必结合北村先生在《ALL读物》杂志上发表的随笔《诗歌的潜伏》一起读一读。

平成十三年八月吉日
宫部美雪

R.P.G.

by MIYABE Miyuki

Copyright © 2001 MIYABE Miyuki

All rights reserved.

Originally published in Japan by SHUEISHA Inc., Tokyo

Chinese (in simplified character only) translation rights arranged with RACCOON AGENCY INC., Japan

through THE SAKAI AGENCY and BARDON-CHINESE MEDIA AGENCY.

图书在版编目（CIP）数据

R.P.G. ／（日）宫部美雪著；朱蕾译. —北京：新星出版社，2016.8
ISBN 978-7-5133-2206-5

Ⅰ.①R… Ⅱ.①宫… ②朱… Ⅲ.①长篇小说－日本－现代 Ⅳ.①I313.45

中国版本图书馆CIP数据核字（2016）第140536号

午夜文库

谢刚 主持

R.P.G.

（日）宫部美雪 著；朱蕾 译

责任编辑：王 欢
特约编辑：赵笑笑
责任印制：李珊珊
封面设计：严 严

出版发行：新星出版社
出 版 人：谢 刚
社　　址：北京市西城区车公庄大街丙3号楼　100044
网　　址：www.newstarpress.com
电　　话：010-88310811
传　　真：010-65270449
法律顾问：北京市大成律师事务所

读者服务：010-88310800　　service@newstarpress.com
邮购地址：北京市西城区车公庄大街丙3号楼　100044

印　　刷：北京京都六环印刷厂
开　　本：910mm×1230mm　1/32
印　　张：6.875
字　　数：94千字
版　　次：2016年8月第一版　2016年8月第一次印刷
书　　号：ISBN 978-7-5133-2206-5
定　　价：32.00元

版权专有，侵权必究；如有质量问题，请与印刷厂联系更换。